カミラ・チェスター

櫛田理絵 訳

早川世詩男 絵

ダンス★フレンド

Call Me Lion
by Camilla Chester

装幀／中嶋香織

ダンス・フレンド

1 トランポリンの出会い 7
2 ライオンのたてがみ 12
3 友だちができないわけ 21
4 リカへの手紙 34
5 夏のダンス教室 39
6 まさかの三人組 50
7 リカの友だち？ 56
8 本当にやりたいこと 67
9 リカのとまどい 74
10 大《だい》好《す》きなおとなりさん 84
11 リカの秘《ひ》密《みつ》 92

12 ぴったりの絵本 102
13 ペアを組む!? 109
14 ひらめいた！ 121
15 ブロンコのものがたり 129
16 リハーサル 137
17 とんでもないまちがい 150
18 レオの決心 163
19 ふたりのリズム 172
20 親友のあかし 194
訳者《やくしゃ》あとがき 202

ライオンが大好きだった、

ジェイムズ・ジョン・レドラップ（1989 - 2014）の思い出に。

1　トランポリンの出会い

暑さのせいで、日かげにあるトランポリンも、やけどしそうに熱《あつ》い。でも、ぼくはそのトランポリンではねている。夏休み、遊ぶ友だちもいなければ、ほかにやることもないから。

「やっほお！」

女の子の声がした、と思ったら、庭のフェンスの上に笑顔《えがお》がひょこっと現《あらわ》れ、また下に消えていった。

今度引っ越《こ》してきたおとなりさんも、きっと三番目のフェンスパネルの前にトランポリンを置《お》いたんだな。なんか特別《とくべつ》な場所にわりこまれた気分。

「あたし、リカ」

とんだタイミングで、女の子が手をふった。からだがフェンスの下に消えたあとも、長い黒髪《くろかみ》が、びっくりマークみたいに宙《ちゅう》に残《のこ》った。

ぼくは家に逃《に》げこみたいのをこらえ、トランポリンをつづけた。

犬のパッチが、むくっと起き上がった。と思ったら、フェンスの下のすきまに鼻をつっこみ、しっぽをびゅんびゅんふって、あいさつがわりにクウンと鳴いた。

つぎにリカの顔がフェンスの上に出たとき、リカはパッチに気づいて指さした。

「犬、飼《か》ってるんだ！　あたしも、だーい好《す》き。でも、弟のアーハンが犬アレルギーだから飼《か》えないの。アーハンって、泣《な》いたりぐずったりばっかで、もううんざり」

とんでる高さで、声の聞こえ方が大きくなったり小さくなったりする。この辺《へん》の子としゃべり方がちがうから、きっと、よそからきたんだろうな。

「あたし、十一歳《さい》。あなたは？　ねえ、犬の名前は？」

トランポリンも上手《じょうず》だけど、おしゃべりの方もすごい。タンクトップに短パン姿《すがた》で、日焼《ひや》けどめクリームのあとのついた長いうでをブラブラさせ、はだしではねている。

そのとき、リカの家の奥《おく》の窓《まど》が開いて、リカのお母《かあ》さんらしき人が姿《すがた》を見せた。身を乗り出して、外国語でなんかまくしたてている。

ぼくの学校にはいろんな国の子がいるけど、今のは、くり組のラーマのしゃべり方そっくりで、ラーマはインドのグジャラート州出身だから、たぶんグジャラート語だ。

リカにたしかめたいけど、顔を見るのだって、リカがよそを向いているときがやっとだし、トランポリンをつづけるだけでせいいっぱいだ。

リカが、お母さんに大声でなにかいい返した。英語《えいご》の「フライパン」、「はねる」、「犬」って言葉が聞こえた。リカとおばさんのいい合いは、どんどんヒートアップしていく。と思ったら、リカが、「やだ」といって、空中でくるっと母親に背《せ》を向けた。

「ママ、ほんとは窓《まど》をピシャッて閉《し》めたいんだけど、そしたら、部屋《へや》が鍋《なべ》の中みたいに煮《に》えくり返っちゃうから、かわりにカーテンをシャッて閉《し》めるんだ」

「フライパン」も「鍋《なべ》」も、最近《さいきん》みんながよく使う言葉だ。そのうち暑さで、焼《や》くかゆでるかされちゃうかもって思ってるんだ。ソーセージみたいにね。

「ママが、ここはインドより暑いって」リカはトランポリンをしながら話をつづける。

「引っ越《こ》しのせいで、ママ、機嫌《きげん》が悪いの。あと、おなかがすっごく大きいせい。もうすぐ赤ちゃんが生まれるんだ。あたしは女の子がいいな。あ、べつに、男の子がだめっていってるんじゃないんだよ。ただ、弟はひとりでじゅうぶん。ふたりなんてぜったいにいらない！」

最後《さいご》のところで、リカは神様にお願《ねが》いするみたいに、空に向かって手を合わせた。

リカはさらに何度かはずんだあと、ぼくの方を見ていった。

「ねえ、きょうだいは？　あんまりしゃべらないのね。なんでしゃべらないの？」

すごい……。なんで、こんなにぽんぽんいえるんだろう。

もししゃべれるなら、ぼくはリカにこう答えたかった。

1．ぼくの名前はレオ。でも、ぼくがしゃべれる相手はみんなぼくのことを「ライオン」って呼《よ》ぶ。みんなっていっても、片手《かたて》で数えられるほどしかいないけどね。

2．年はきみと同じ、十一歳《さい》。ついこのあいだ、家族で誕生日《たんじょうび》をお祝《いわ》いしたばかり。といっても、クラスメイトのテオみたいに、ディスコ貸《か》し切りの豪華《ごうか》パーティとはいかなかったけどね。そのテオのパーティで、ぼくは銅像《どうぞう》みたいにカチコチに固《かた》まっちゃって、みんなから白い目で見られた。あれは人生最悪《さいあく》の日だったよ。

3．犬の名前はパッチ。からだは茶色と白色だけど、右目のまわりと背中《せなか》に大きな黒いブチ《パッチ》があって、まるで海賊犬《かいぞくけん》みたい。パッチはぼくのゆいいつの友だちで、パッチにはしゃべれるんだ。人間の友だちがほしくてたまらないけど、口のきけない子なんかと、だれが友だちになりたい？　いや、ほんと。

4．きょうだいは、お兄《にい》ちゃんとお姉《ねえ》ちゃんがいる。ダニーは十七歳《さい》で、いつも香水《こうすい》をぷんぷんさせてて、そのにおいをかぐと、のどの奥《おく》がひりひりする。お姉ちゃんのソフィは十六歳《さい》。いつもふわっとしたスカートをはいて、ふわっとしたスカーフを巻《ま》いてる。将来《しょうらい》、物理学者になるのが夢《ゆめ》なんだ。ダニーとソフィは、いつもいい合いばかりしてる。

5．ぼくはあんまりしゃべらない。しゃべりたいけど、しゃべれないんだ。

2　ライオンのたてがみ

リカは、その後もひとりでしゃべりつづけ、さらにいろんなことを聞いてきた。
ぼくはそのうち、リカがいることにも慣《な》れ、だんだん楽しくなってきた。暑いことに変《か》わりはないけど、はずんだときに髪《かみ》がふわっと持ち上がる感じとか、耳元でひゅんっと風を切る音、宙《ちゅう》に浮《う》かんだときの軽やかさが心地よかった。
トランポリンは好《す》きだけど、ダンスはもっといい。
ぼくは週に一回、ダンス教室に通っていて、来週からはいよいよ、三週間の夏期レッスン、〈レッツ・ジャイブ〉がはじまる。先生は、いつも明るくみんなを盛《も》り上げてくれる、フェリシティ・デラウェア先生。去年は、レッスン最終日《さいしゅうび》に発表会があって、ぼくも出たくてたまらなかったんだけど、場面かんもく症《しょう》のせいで出られなかった。

レッスンやフェリシティのことを考えてたら、踊《おど》りたくなってきちゃった。トランポリンではねながら、手足を広げて星形ポーズ。おつぎは、ホッピング。つづけて、オーバーヘッドキックと、からだを「く」の字に曲げて稲妻《いなずま》のポーズだ。

ぼくのダンス・ジャンプを見て、リカがおしゃべりをやめた。ぼくと向き合い、ぴったりのリズムではねる。ぼくが星形ポーズを決めると、リカも手足を広げた。おつぎはスーパーマン。リカも右のこぶしをぐっと上につき出す。三回ふつうにはねたあと、両ひざをぎゅっと胸《むね》に抱《かか》えこんでクイック・タック。なんか楽しい!

リカが笑《わら》った。「ちゃんと合わせたよ。つぎ、あたしの番ね!」

今度は、ぼくがリカをまねる番。両うでをぴたっとわきにつけて、立ち飛《と》びこみのポーズ。それから足をうしろにひょいっと曲げてヒールキックに、ひざバウンド。

いい感じ!

リカが舌《した》をつき出す。ぼくがまねる。ぼくが頭の上で手をふる。リカがまねる。リカが手でうさぎの耳のまね。ぼくがまねる。そのうちリカは、めちゃくちゃにとびはねだした。よろけながら、とびはねまくり、フォームもなにもあったもんじゃない。

まねしようとしたぼくの動きを見て、リカが笑《わら》い転げていった。

「まねになってないよ。今の、ちがうって」

顔がにやけ、あやうく声を立てて笑《わら》いそうになる。ぼくを「ライオン」って呼《よ》ばない人といて、こんなに楽しかったのって、久《ひさ》しぶり、ていうか、はじめてかも？

ダンス・ジャンプと変《へん》な動きをひとしきりやったあと、リカはパタンと前に倒《たお》れた。

思いっきりジャンプしないと、フェンスがじゃまして姿《すがた》が見えない。

「もう、暑すぎ」リカがうんざりしたようにいった。「なのに、家には生ぬるい水道水しかないし、おまけに冷蔵庫《れいぞうこ》も電源《でんげん》入れたばっかで、氷もできてない」リカはごろんとあお向けになると、ギラギラ照《て》りつける日ざしに目を細めながらいった。

「今から、そっち行くね」

え？　リズムをくずしたぼくを、トランポリンが容赦《ようしゃ》なくもてあそぶ。ひざをぶつけたぼくは、そのまま腹《はら》ばいになって倒《たお》れた。

リカが開いた窓《まど》に向かって、グジャラート語でなにかいってる。これからとなりに行ってくるとでも伝《つた》えてるのかも。おばさんが窓《まど》から身を乗り出し、こっちを見た。

赤ちゃんのいる大きなおなかが見える。

「あなた、かまわない？」おばさんが、インドなまりの英語《えいご》でぼくにたずねる。

「その子、しゃべらないよ」リカが大声で返す。

「なに？」と、おばさん。

リカがグジャラート語で答え、おばさんが返す。リカが英語《えいご》でいった。

「わかった。じゃあ、三十分だけね」

リカが庭の草をふみわけ、家の裏手《うらて》に回る。ぼくは自分の家の方を向いて座《すわ》り直し、トランポリンの縁《ふち》から足をブラブラさせた。心臓《しんぞう》がドクドク鳴っている。

リカは、毎日うちにきてるみたいに、ゆうゆうと門から入ってきた。パッチがかけ出し、リカの足元を飛《と》びまわっては、からだがしなるほど、しっぽをビュンビュンふる。

「かわいい！　なんていい子なの。しかも、そのブチ《パッチ》」

人の言葉の中には、犬にもわかるものが、少なくとも五十語ぐらいあるっていわれてる。当然《とうぜん》、自分の名前はわかる。

パッチは自分の名前が呼《よ》ばれると、まるで生まれてからずっとこのときを待ってたみたいに、キューンと喜《よろこ》びの声を上げた。

「そうなの？　あなた、パッチっていうの？　いい名前！　パッチ、パッチ」

パッチは、白いおなかを見せてごろんと寝転《ねころ》がると、舌《した》をたらして、おなかをくすぐってっておねだりした。

「おっ、こんちは」

裏口《うらぐち》から、お兄《にい》ちゃんのダニーがアイスを食べながら出てきた。バニラ、チョコ、ストロベリーの三つの味が入ったナポレオンアイス（本当はナポリタンアイスだけど、ぼくはこう呼《よ》んでる）を、大きなカップからそのまま食べている。

リカの注意がそれてるすきに、ぼくはトランポリンからぴょんと降《お》りた。ダニーの持ってるカップをのぞくと、思ったとおり、チョコレートだけが減《へ》っていた。アイスのいいにおいにつられて、ぼくも食べたくなったけど、リカがいるからいえない。

「おい、ライオン、その子は？」ダニーがリカの方をあごでさす。

「ライオン？」パッチをなでていたリカが立ち上がる。「名前、ライオンっていうの？」

こっちへ向かってくるリカの足元を、パッチがちょこまかかけ回る。まるで犬の女神さまでもあがめるみたいに、リカを見上げるパッチの目を見たら、なんか複雑《ふくざつ》な気持ちになった。パッチがそういう目で見るのは、ぼくだけだと思ってたのに。

ダニーが口にスプーンをくわえ、ぼくの頭にぽんと手を置《お》く。ぼくの髪《かみ》の話をするつもりだな。ダニーはスプーンをまたアイスにつっこむと、案《あん》の定《じょう》、こう話し出した。

「レオは生まれたとき、髪《かみ》がふっさふさでさあ。で、こいつの姉のソフィは、その髪《かみ》をひと目見るなり、『タンポポの綿毛《わたげ》みたい』って、いったんだ。ほら、飛《と》ばし切るまでに何回吹《ふ》いたかで、今の時間がわかるっていう、あの綿毛《わたげ》だよ」（注：英語《えいご》でタンポポの綿毛《わたげ》の房《ふさ》は、ダンデライオン・クロックという）

「あんなんで時間がわかるわけないし、あたしはふつうに時計《とけい》を見るよ」

ダニーがおかしそうに笑《わら》う。

「まあ、とにかく、以来《いらい》レオは、ライオンって呼《よ》ばれてるってわけ。ダンデライオン・クロックを縮《ちぢ》めてね」

「じゃあ、本当の名前はレオなのね？」

リカがぼくの方にやってきた。リカがつけてる日焼《ひや》けどめクリームのココナッツのにおいがする。すぐそばにいるっていうのに、なぜか落ち着いていられる。

「レオはきみにはしゃべらないよ」ダニーが教えた。

リカがぼくの髪《かみ》をじいっと見つめる。と、リカがいった。

「ライオンのたてがみみたい」

へえ、たてがみか。タンポポの綿毛《わたげ》よりいいかも。ぼくの夢《ゆめ》は、いつかロンドンのウエストエンドの劇場《げきじょう》で、〈ライオンキング〉のミュージカルに出ること。今でもその役にふさわしい髪《かみ》をしてるなら、夢《ゆめ》がかなう日も、そう遠くないかもしれない。

「ところで、おれはダニー。ライオンの兄貴《あにき》だ」

ダニーがもう一度スプーンを口にくわえ、ビジネスマンみたいに手をさし出す。

「あたしはリカ」リカはダニーとあく手しながらいった。「となりに越《こ》してきたの」

「どっから？　北の方？」

「うーん、いろんなとこに住んだことあるんだけど、南の方ははじめてかな」

「ようこそ、ルートン一の豪邸《ごうてい》、デューク邸《てい》へ。きょうだいはいるの？」

「泣《な》いてばっかりの弟がいるよ。あと、もうじき赤ちゃんも生まれるんだ」

「そっか、いいね。のど、かわいてない？」ダニーがスプーンをふりながらたずねる。

「もう、シリアルみたいに、からっから。ミルクなしで食べるときのね」

ダニーが、ぷっと笑《わら》った。

「おもしろい子だな。仲良《なかよ》くなれそうだ。おい、ライオン、いい友だちができたな」

友だちかあ……。友だちがいるってどんな感じなんだろうって、よく想像《そうぞう》する。

パッチを友だちに見立てて、しゃべる練習をすることもある。

お姉《ねえ》ちゃんのソフィは、本を読むと、登場人物と友だちになれるからって、ぼくが学校に上がる前から読み書きを教えてくれた。だから読み書きは得意《とくい》だし、家族以外《いがい》の人とコミュニケーションをとるときにも役立ってる。

でも、登場人物と友だちになればいいなんていってられるのは、ソフィには話せる友だちがいっぱいいるからだ。

学校のみんなのいうとおり、しゃべれない子と友だちになる子なんていないんだ。わかってはいるけど、つい想像《そうぞう》しちゃうんだ。友だちがいるところをね。

3　友だちができないわけ

ダンスの得意《とくい》なダニーが、頭でリズムをとりながら冷蔵庫《れいぞうこ》を開けて、リカにたずねる。

「なに、飲む？」

「炭酸《たんさん》ある？」

リカが聞くと、ダニーはレモネードのびんを取り出し、ふたり分のグラスに注いだ。

「氷も入れたら？　このキッチン、三十度超《こ》えてるよ」

お姉《ねえ》ちゃんのソフィがキッチンに入ってきていった。シャワーのあとなのか、髪《かみ》がぬれていて、シアバター・シャンプーのいいにおいがする。

ダニーは聞こえなかったふりをして、そのままぼくらに飲み物を渡《わた》した。

「やだっ。またカップからじかに食べてる」ソフィはダニーから、アイスのカップをひったくってふたを閉《し》め、スプーンを流しに投げ入れた。

「おい、まだ食べてんだぞ」

ダニーが文句《もんく》をいったけど、ソフィは冷凍庫《れいとうこ》から製氷皿《せいひょうざら》を出してダニーに手渡《てわた》し、アイスを中にしまった。それからリカににっこり笑《わら》いかけた。

「はじめまして。レオの姉のソフィよ。年はダニーの方がひとつ上だけど、この中じゃいちばん大人《おとな》よ」そういって、ダニーを横目で見る。

「大人っていうか、いちばんつまんないやつだね」とダニーがいい返す。

ソフィはダニーには取り合わず、もう一度リカににっこりしていった。

「あなたがリカなのね？　さっきちょうど家の前でお母《かあ》さんにお会いして、お話ししたのよ。お母さん、この暑さにまいってるみたいね」

ソフィがやれやれというように首をふると、長いイヤリングが左右に揺《ゆ》れた。

リカはそれには答えず、氷を入れるのも待たずに、レモネードをごくごく飲んだ。

今日《きょう》のキッチンは、なんだか活気があってにぎやかだ。ソフィはかまわずつづけた。

「ライオンと同い年の子がとなりに越《こ》してきてくれて、本当にうれしいわ。九月から
レイクサイド小学校に通うの？」
レモネードを飲んでいたリカが、ゲホッとむせた。ようやくせきがおさまったリカ
は、ソフィに期待のこもった目で見られているのに気づき、小さくうなずいた。
「よかったあ！」
ソフィが手をたたくと、ブレスレットについたチャームがシャラシャラ鳴った。
「ライオンに聞いたんだけど、六年生からは、つきそいなしで登校できるらしいの。
ふたりでいっしょに行くといいわ」
「その前にまずは夏休みだよ」リカがあわてたようにいった。
もしかして、リカも学校が苦手とか？　いや、ぼくといっしょがいやなだけかも。
「そうだよなあ。夏休みに勉強の話なんて。そんな話で喜《よろこ》ぶのは、だれかさんみたい
な勉強オタクだけ。子どもってのは、遊びたいもんだよな」
「まあ、このふたりは、正真正銘《しょうしんしょうめい》の子どもだしね。だれかさんとちがって」
ソフィのいやみに、ダニーはぶすっとし、また冷凍庫《れいとうこ》からアイスを取り出した。

「それで、ふたりでなにして遊ぶの？」と、ソフィ。

リカは肩《かた》をすくめ、ちらっとぼくの方を見た。しゃべらない子と、なにして遊ぶっていうのよ？　っていいたいんだ。すると、ソフィがこう提案《ていあん》した。

「そうだ、いっしょにドミノ倒《だお》しをやったら？　ライオン、あれ、大好《だいす》きでしょ？」

はずかしくなってパッチの方を見ると、リカに耳のうしろをかいてもらっている。

「本を読むのはどう？　ライオンは本をいっぱい持ってるのよ」

ちらっとリカのようすをうかがうと、顔をひきつらせ、今にも逃《に》げ出しそうだ。

「それとも、庭で泥《どろ》だんご作りする？　土をほってると、パッチが飛《と》んできそうだけど。ライオンのお手伝《てつだ》いが大好《だいす》きなのよね」

ぼくはさらにはずかしくなった。

「ひってえ提案《ていあん》ばっか」ダニーがアイスを食べながらいった。

リカが笑《わら》う。

よかった。さっきまでのリカだ。でもぼくの方は、まだ顔のほてりが取れない。あ、カッコわる。ぼくはレモネードを飲んで、なんとかごまかした。

「そんなにいうなら、あんたがなにか案《あん》を出しなさいよ」

……………。

こういう沈黙《ちんもく》は、はてしなくつづく。ちょうど、この暑さみたいに。

＊

結局《けっきょく》、ダニーにプレイステーションをセットしてもらって、「ソニック」をした。パッチはリカにべったりだ。むっとするような部屋《へや》の空気も、リカの日焼《ひや》けどめのココナッツのにおいのおかげで、まだましに思える。

ぼくは、あれこれ考えてしまって、ゲームに集中できなかった。それでもリカに比《くら》べればまだましだ。リカのプレーヤーは壁《かべ》に激突《げきとつ》し、コースをはみ出してばかりいる。

「これって、何回でも生き返れたりする？」リカが聞いた。

口では答えられないので、リカのプレーを見て、復活《ふっかつ》するための方法《ほうほう》を考えていると、リカがひたいにしわを寄《よ》せ、考えこむようにしていった。

「ねえ、もし現実《げんじつ》の世界でも、失敗《しっぱい》するたびに、ふりだしにもどれるとしたら、どうする？　もどってやり直す？　それとも、そのまま進みつづける？」

ぼくなら進みつづける。いやなことをもう一度くり返すなんて、まっぴらだ。あのテオの誕生《たんじょう》パーティみたいに。でも、リカにその話はできない。

リカは、ゲームが下手《へた》なのを、スマホを買ってもらえないせいにした。みんな、スマホを使っているうちに、ゲームもうまくなるんだと。

たしかにスマホがあったら、ぼくもいろんなことが楽になるだろうな。

リカはゲームの効果音《こうかおん》に負けじとしゃべりつづけ、自分の質問《しつもん》に自分で答えた。そんなリカを横目に見ながら、ぼくはティファニーのことを思い出していた。

あのころのティファニーは、まだ転校したてで、ぼくのことも、場面かんもく症《しょう》のことも知らなかった。サッカーがすごく上手《じょうず》で、すぐに校庭で注目の的《まと》になった。

ある日、ぼくが木のかげからサッカーを見てたら、ティファニーの蹴《け》ったボールが転がってきて、すねに当たった。ぼくは、それまで見ているだけだったテレビ画面から、ボールが転がり出てきたみたいにびっくりして、まじまじとボールを見つめた。

そこへティファニーが走ってきて、ぼくに呼《よ》びかけた。

「ねえ、こっちに蹴《け》って。今、試合中《しあいちゅう》なの」

ぼくは、しばらくためらってから、勇気《ゆうき》を出してボールを蹴《け》った。

そう、蹴《け》ったんだ！

「ナイスパス！　ねえ、いっしょにやろうよ。テオをマークしてほしいんだけど」

ぼくは首を横にふった。だって、テレビの中に入れるわけがない。しかも相手はあのテオだ。まだバースデーパーティでの苦い思いがよみがえってくるっていうのに。

それでもぼくは、なんとか入ろうとがんばった。ライン際《ぎわ》まで行ってみて、足を踏《ふ》み入れようともした。そのあとも、ティファニーは何度か、入っておいでよって誘《さそ》ってくれた。仲間《なかま》に入りたかった。でも、できなかった。

ぼくはちょっと期待した。ひょっとしたら、ティファニーはほかの子とはちがうかもって。だって、ティファニーの目には、ぼくがちゃんと映《うつ》ってる。もしかしたら、サッカーだって教えてくれるかもしれない。いや、サッカーじゃなくてもいい。なんだっていいから仲間《なかま》に入れてほしかった。ひとりぼっちは、もうたくさんだった。

だからその日から、ティファニーのそばにいるようにした。ティファニーが、スカーレットやマリアムとつるむようになってからも、しばらくついて回っていた。休み時間になると、ティファニーが「はあい、レオ」っていって、やさしく笑《わら》いかけながら、ボールをそっとぼくの方へ蹴《け》る。そして、ぼくが蹴《け》り返すとこういうんだ。「はじめてにしてはうまいね」って――。

でも、そんなあまい空想も、あの日耳にした会話で、一気に吹《ふ》き飛《と》んだ。昼休み、教室のすみにある本棚《ほんだな》のところにいると、ティファニーがスカーレットにこういうのが聞こえた。

「ねえ、あのオレンジ色の髪《かみ》がふっさふさの、青白い顔の子はどっか悪いの?」

ぼくのことだ! ぼくはとっさに本棚《ほんだな》のかげに身をひそめた。胸《むね》がドクドクいう音で、なにをいっているのかよく聞こえない。ぼくは、聞きたいようなこわいような複《ふく》雑《ざつ》な気持ちで、ふたりの会話に耳をそばだてた。

「それって、レオのこと?」

スカーレットがたずねると、ティファニーはいった。

「そう。いつも、わたしのあとばっかりつけてて、なんか気味悪いんだけど」

「あの子、ちょっと問題があるのよ」と、スカーレット。

「え、なに？　どっか悪いの？　あの子、ぜんぜんしゃべらないよね」

「それよ、問題って。あの子、しゃべらないの。二年生のとき、マリック先生がみんなに説明《せつめい》してくれたんだけど、場面なんとか症《しょう》っていって、しゃべるのがこわいんだって。そのせいで友だちができなくて、いつもひとりぼっちなの」

「なんでわたしのあとをつけ回すの？」と、ティファニー。

「さあ。もしかして、あんたと付《つ》き合いたいとか」スカーレットがクスクス笑《わら》う。

「しゃべらない子と付き合えるわけないじゃん？　だって、付き合うって、いっしょに出かけておしゃべりすることでしょ？」

「そうだよね」とスカーレットがあいづちを打つ。するとティファニーがいった。

「だからきっと、友だちができないんだ。だって、しゃべれない子と友だちになれるわけがないもん」

最初《さいしょ》からひどい話だったけど、このひとことは効《き》いた。胸《むね》のど真ん中にパンチを食らったみたいに息苦しい。それでもつづきを聞かずにはいられなかった。

「はっきりいって、あの子、いても気づかないんだよね。だってほら、ずっとだまったままだし、存在自体《そんざいじたい》、忘《わす》れてるかも。ただ、前にさ、ティファニーが転校してくる前だけど、テオがクラス全員をバースデーパーティに呼《よ》んだことがあったんだ。ほら、ローラー・セントラルって、ローラースケートができるディスコあるじゃない？」

まずい、あの話だ！

「ああ、いいよね、あそこ」とティファニー。

「その日は貸《か》し切りで、クラスの子全員が行ったんだけど――レオもね。でも、あの子、カチコチになっちゃって、すべるどころか、くつもはきかえられなかったの。しようがないから、お兄《にい》さんに迎《むか》えにきてもらったんだよ」

「カチコチって？」

「銅像《どうぞう》みたいに固《かた》まっちゃって。ぜんぜん動かないの。しかも、のどから変《へん》なうめき声とか出すし。気味悪いったらなかった」

「わたし、もうあの子に近づかない」

ティファニーがきっぱりとそういい、会話はそこで終わった。

ぼくはさとった。結局《けっきょく》、ティファニーもほかの子と同じだった。ぼくに友だちができることなんて、ぜったいにないんだ。

それ以来《いらい》、ぼくは、だれにも気づかれないよう、前にも増《ま》してひっそりと過《す》ごすようになった。つらかったけどがまんしたし、それはこの先もずっとつづくだろう。

＊

リカは最初《さいしょ》にいったとおり、きっかり三十分家にいた。でも、きっとすぐにも帰りたかったはずだ。

リカが帰ったあと、ダニーとソニックをした。

ダニーがなにか話したがっているのはわかってたし、ぼくがちゃんと話せるのもわかってる。でも、なかなか話し出せない。なにをするにも、かんもく症《しょう》のやつが作ったルールみたいなものにしばられるんだ。

「あのリカって子、クールだな。パッチもすっかり気に入ってる」ダニーがいった。

「そうだね」ぼくは前を向いたままいった。

「犬は人を見る目があるっていうからな」

「知ってる」友だちがほしくてたまらないだけに、胸《むね》が苦しい。

「ちゃんと説明《せつめい》してみたらどうだ？　人ってのは、理由を知りたがるもんだからな」

「理由なんてないよ」ぼくは、これまでずっといってきたセリフをくり返した。

「ああ、でもリカには知っといてもらわなきゃ。おまえも同じぐらいクールだってことを。口に出さないいってだけでね」

ぼくはにっこりした。ダニーの言葉を信《しん》じたかった。自分はクールだけど、表に出さないだけだって。

「でも、どうやって伝《つた》える？」

「ねえ、まさかダニーからアドバイスもらおうとしてない？」

入り口でようすをうかがっていたソフィがいった。暑さで髪《かみ》のうるおいがぬけ、せっかくのロングの金髪《きんぱつ》もぱさぱさだ。

「おい、じゃますんなよ」ダニーがゲームの画面に食い入ったままいう。「だいたい、おまえが泥《どろ》だんごだの、ドミノ倒《だお》しだのいうから、あの子、帰っちまうとこだったろ」

「あーらら、ミスった。はい、やり直し」と、ソフィ。

「ミスったのは、おまえが気を散《ち》らすからだ」ダニーはそういって、ゲームのレベルをひとつ前にもどした。ソフィはぼくにいった。

「ねえ、手紙に書いてみたら？　しゃべれないわけを、リカにわかるように」

「悪い考えじゃないな」

うそみたいだ。ダニーはソフィの意見には、いつもぜったい反対するのに。

ぼくはゲームをしながら考えた。リカには、ティファニーのときみたいな知られ方はしたくない。それに、場面かんもく症《しょう》のことをわかってもらうには、自分の言葉で説明《せつめい》するのがいちばんだ。リカもぼくもスマホを持ってないから、メッセージは送れない。となると、手紙は悪くないかも。でも、言葉はちゃんと選《えら》ばなきゃ。

4　リカへの手紙

リカへ

あらたまって「リカへ」なんて書くと、ちょっと変《へん》な感じだけど、ほかにどう書き出していいかわからないし。

リカとは同じ学校に通うことになるから、たぶん、ぼくがしゃべらない理由もそのうち耳にすると思うんだ。

これだけはわかっておいてほしいんだけど、ぼくだって好《す》きでだまってるわけじゃない。**しゃべりたいけど、しゃべれないんだ。**

こういうのを、「場面かんもく症《しょう》」とか「かんもく症《しょう》」っていうんだけど、どっちにしたって、自分と関係《かんけい》なければよかったのにって思う。

べつに声帯《せいたい》に問題はないし、家ではよくしゃべるんだよ。ソフィやダニーと同じぐらいね。でも、しゃべってみると、声が大きすぎる気がして、なんかいやなんだ。家の外だとなんでしゃべれないのか、ぼくもわからない。世の中には、理屈《りくつ》に合わないこととか、説明《せつめい》のつかないことがいっぱいあるんだ。

かんもく症《しょう》になる前のことは覚《おぼ》えてない。ママは、学校に通いはじめてから症状《しょうじょう》が出てきたっていってる。しゃべれない分は、得意《とくい》の読み書きでカバーしてるよ。

家族以外《いがい》の前だと、急に言葉が出なくなるんだ。首がしめられたみたいになって。ひどいと、痛《いた》みまで感じる。「かん動」っていって、からだが動かなくなることもある。

こわくて、不安《ふあん》で、ついおそろしいことばかり考えちゃう。おまけに、口にしたい言葉が、頭の中でガンガン響《ひび》いて、おそろしい考えとかぶって聞こえることもある。かんもく症《しょう》のやつが、いじめっこみたいに、ぼくに「バカ、役立たず」って、いってくることもある。やっつけようとすればするほど、ひどい言葉をあびせてくるんだ。からだがこわばって動けないときの気分はサイアクだ。いちばんいやなのは、みんなから、変《へん》な目でじろじろ見られること。いないと思われる方がまだましだね。

それでもいつかは、かんもく症《しょう》を乗り越《こ》えてみせるよ。

ぼく、ダンスが得意《とくい》なんだ。今はかんもく症《しょう》のせいで、大勢《おおぜい》の前では踊《おど》れないけど、いつか〈ライオンキング〉のミュージカルに出たいって思ってる。だから、ぼくの髪《かみ》を、「ライオンのたてがみみたい」っていってくれたときは、すっごくうれしかった。

でも心配しないで。しゃべれない子と友だちになれないのは知ってるから。だからもう会わないっていうのでもだいじょうぶ。ただ、説明《せつめい》しておきたかっただけだから。

じゃあね。


レオ（となりの家のトランポリン・ボーイ）より

＊

ぼくは、九回か十回書き直して、ようやくこの手紙を書き上げた。下書きの紙や、破《やぶ》り捨《す》てた失敗作《しっぱいさく》で、ごみ箱はいっぱいになった。

THE LION

はずかしいのをがまんして、何時間もかけて書いたっていうのに、納得《なっとく》のいくものじゃなかったけど、また一から書き直すと思うと、胃《い》が痛《いた》くなってできなかった。

ぼくはその手紙を折《お》りたたんで、週末《しゅうまつ》のあいだしばらく枕《まくら》の下に入れておいた。

ようやく見せたとき、ダニーは読み終えるなり、ぼくの肩《かた》に手を置《お》いていった。

「すっごくいいぞ。ぜったいうまくいくって」

ソフィは読みながら目をうるませ、声をうわずらせていった。

「かんぺきよ」

ぼくはその手紙を、ママが大事な手紙を出すときに使う、きれいな封筒《ふうとう》に入れた。

それから真新しい紙のにおいをかぎながら封《ふう》をし、表に「リカへ」と書いた。

用意ができると、ソフィにお願《ねが》いして、リカの家の郵便《ゆうびん》受《う》けに入れてもらった。

＊

そのあと、やっぱやめとけばよかったって思ったけど、もうあとのまつりだった。

5　夏のダンス教室

月曜日、夏休み最初《さいしょ》のレッスンの日、焼《や》けつくような暑さの中、ぼくはダンス教室に向かった。今日《きょう》のつきそい役はソフィだ。歩いていると、汗《あせ》でリュックが背中《せなか》にはりついてきた。リュックの中身はつぎのとおり。

1. ダンス用の底《そこ》のやわらかいシューズ。
2. 『ギャグル・ギャングズ（ぼくの大好《だいす》きなアニメ）』のお弁当箱《べんとうばこ》。
3. お弁当箱《べんとうばこ》とおそろいの水筒《すいとう》。
4. 汗《あせ》ふきタオル。
5. デラウェア先生（みんなはフェリシティって呼《よ》んでる）に渡《わた》す月謝《げっしゃ》と手紙。

6．伝《つた》えたいことがあるときに使う電子メモパッドとペン。

ぼくは、人に見られたくないのもあって、日かげをさがして歩いた。まだ朝早かったけど、ぼくの想像上《そうぞうじょう》の温度計では、もうかなりの気温に達《たっ》している。

「たぶんあの子、かんもく症《しょう》の子に会ったの、はじめてだったのよ」

手紙を郵便《ゆうびん》受けに入れてから、リカからはなんの反応《はんのう》もない。なぜなのか気になったけど、ソフィのサンダルのパタパタいう音を聞いていると、心が落ち着いた。

「きっと、引っ越《こ》しの荷物の整理で忙《いそが》しいのね。手紙がどこかにまぎれてないといいけど」ソフィは、フクロウの目みたいに見える大きなサングラスを押《お》し上げた。

信号待《しんごうま》ちをしていると、ふたつの車両をジャバラで連結《れんけつ》した大型《おおがた》バスが前にとまった。窓際《まどぎわ》に六人座《すわ》っていて、赤ら顔の女の人以外《いがい》、みんな下を向いてスマホをいじっている。赤ら顔の女の人と目が合ったので、ぼくは急いで目をそらした。

バスがエンジン音をとどろかせて走り去ると、排気《はいき》ガスと熱気《ねっき》のまじった、いやなにおいの煙《けむり》が残《のこ》った。日ざしをさえぎるものはなにもなく、信号《しんごう》を待つぼくらに太陽がじりじりと照《て》りつける。あまりの暑さに脳《のう》みそまで焼《や》けてしまいそうだ。

ビー、ビー、ビー。

ふう、ようやく青だ。

「とにかく、手紙を書いたのはまちがいじゃないわ」

ソフィがスカートをはためかせて歩きだす。足がはやいので、小走りでついていく。

「今年《ことし》はだれがいるかな？　あのタップダンスのうまい、えくぼのかわいい男の子、アントンだっけ、あの子はいるでしょうね」

ソフィが髪《かみ》をアップにしようとすくい上げると、ブレスレットがチリンチリンと音をたてた。指輪《ゆびわ》に太陽の光が当たって、宝物《たからもの》のようにきらきら輝《かがや》いている。

ダンス教室が入っているホテルに着くと、ソフィはさっそうと回転ドアに入った。

つぎの仕切りを待ってぼくも飛《と》びこんだけど、そのまま一周《いっしゅう》して帰りたい気持ちにかられた。そうすれば、知らない子たちと顔を合わせずにすむ。

でも、がんばって中に入った。かんもく症《しょう》でいると、おかしなルールにふり回されたり、試《ため》されているように感じたりすることがしょっちゅうある。

古いホテルの中は、おばけ屋敷《やしき》みたいにボロボロだけど、太陽の光がさしこんでいるおかげでこわくはない。

まぶしい日ざしのもとから、うすぐらい建物《たてもの》の中に入ると、いっしゅん目の前が真っ暗になる。でも三年間通ってきただけあって、中は目をつむっていたって歩ける。入って右側《みぎがわ》には、末広《すえ》がりの階段《かいだん》があって、はなやかな衣装《いしょう》をまとったダンサーが、今にもワルツを踊《おど》りながら降《お》りてきそうだ。いや、手すりをシューッとすべり降《お》りてくる方が合ってるかも。

ショッピングモールみたいにエアコンは入っていないけど、天井《てんじょう》が高くてファンが回っているおかげで、外よりはすずしい。それでもまだ、ものすごく暑いけど。

ソフィは階段《かいだん》の前を通って、右手へずんずん進んでいき、ホールの二重とびらを押《お》し開けた。ぼくもそのあとから小走りで中に入り、かぎ慣《な》れたダンスのにおい、ゴム底《ぞこ》ぐつとラベンダーのにおいを胸《むね》いっぱいにすいこんだ。

と、そのとき、リカの姿《すがた》が見えた。となりには、もうすぐ赤ちゃんが生まれそうな、大きなおなかの女の人が立っていて、アーハンと思われる子の手をにぎっている。

ぼくは頭の中が真っ白になった。

手紙。あの手紙を……、リカは読んでる。もう、なにもかも知ってるんだ……。

顔はまともに見られないので、リカのひざのあたりを見つめていると、そのひざが、曲がったりのびたりをくり返しながらこっちに向かってきた。弟のアーハンが、「リチャ、まって。ねえ、リチャ、まって」と呼《よ》びながら、そのあとを追いかけている。

「あら、リカもいたの？　知ってたら、いっしょにきたのに」ソフィが笑顔《えがお》でいう。

「おはよう、ソフィ。はあい、レオ」

「リチャ、だっこ。リチャ、だっこ」

アーハンがせいいっぱいうでをのばす。そのかわいいしぐさに、心がほぐれる。

リカは、そんなアーハンにはかまわず、おばさんにグジャラート語でなにかいったあといった。

「ママに、帰りは迎《むか》えにこなくていいよって伝《つた》えたの」

「オーケー？」おばさんがソフィにたずねる。

「もちろんです」ソフィは、ブレスレットをつけた手をふっていった。「もしよろし

ければ、毎日、わたしか兄のダニーで送り迎《むか》えしますから、ゆっくり足を休めていてください」

その言葉におばさんの足元を見ると、むらさき色のサリーの下からつき出た足は、パンパンにはれ、サンダルが食いこんでいた。

「とても大変《たいへん》。おなか大きい。すごく暑いね」おばさんは足をひっこめながらいった。

「行こう」リカがぼくのうでをにぎり、そっと引いた。

アーハンが泣《な》き出す。

思わずうつむくと、自分の足がリカについていこうとしている。まるでリカに、からだを乗っ取られたみたいに。

「おなかがどうとか、暑いって話は、もううんざり」

リカはそういうと、ぼくをリードするように、ホールのすみにある荷物ラックに向かった。横板にフックがいくつも並《なら》んでいて、その下がベンチになっている。

リカはバッグをあさって中から水筒《すいとう》を取り出すと、さっとひと口飲んだ。

「暑い、暑いっていうから、よけいに暑くなるのよ」

リカはそういって目をぐるんと回すと、もうひと口水を飲んだ。それからバッグをフックにかけ、その下のベンチにこしかけてサンダルをぬいだ。

なんて手際《てぎわ》がいいんだろう。まるで、ずっと前からこの教室に通ってるみたいだ。ぼくは、そわそわしながら足を踏《ふ》みかえた。はじめての場所でも堂々《どうどう》としていられるリカがうらやましい。

ああ、ぼくの手紙、手紙、手紙……。

「荷物かけたら？」

リカが空いている左どなりのフックを、ほかの子に取られまいとするようにつかんだ。ぼくはちょっと気持ちが楽になり、リュックから中身を出しはじめた。

リカはあの手紙のことにぜんぜん触《ふ》れない。もしかして、これが返事なのかな。

「あたし、気にしてないし、仲良《なかよ》くしよう」って、リカなりに伝《つた》えてるとか？

「ここにはダンススクールがあって、ほんと、よかった。前住んでたとこは、まわりに牛を飼《か》ってる牧草地《ぼくそうち》しかなくて、ダンス、習いたくてもできなかったんだ」

リカはうでを広げてホールをぐるっと見渡《みわた》し、このおんぼろホテルにあるダンス教室が、あたかもロンドンの有名なダンススクールみたいにいった。

ぼくはリカのとなりに座《すわ》って、ダンス用のシューズにはきかえた。

「そのシューズ、かっこいいね！」リカがすごくうらやましそうにいった。

「誕生日《たんじょうび》にもらったんでしょ？　ソフィがいってた。レオはついこのあいだ十一歳《さい》になったって。あたしの誕生日《たんじょうび》も最近《さいきん》だったの！　スマホがほしいっていったんだけど、ママがまだ早いって。そうだ、来年はいっしょにバースデーパーティしようよ。パパが、今回はしばらく引っ越《こ》ししないって。ねえ、十二歳《さい》になるってすごくない？　だから、盛大《せいだい》にお祝《いわ》いしなくっちゃ。学校のだれを招待《しょうたい》したらいいか、教えてね」

えっ？　今、いっしょにバースデーパーティしようっていった？　ぼくみたいな、しゃべれない子と？

じっさいはそんなことありえないってわかってるけど、それでもすごい。これはもう奇跡《きせき》だ！　だって、あの手紙を読んで、かんもく症《しょう》のことを知ったうえで、ぼくと友だちでいたいって思ってくれてるんだから。

リカなら、きっとぼくの分までしゃべってくれるだろうな（リカは、ぼくが知ってるなかで、いちばんよくしゃべる)。なんか自分が、地球上でいちばんツイてる人間に思えてきたぞ。

「はーい、ダンサーのみなさーん、そろってますか?」

小柄《こがら》なフェリシティが、みんなの前に出てきた。背筋《せすじ》がぴしっとのび、頭のてっぺんでまとめた黄色い髪《かみ》が、アイスクリームサンデーみたいに見える。

その姿《すがた》を見たら、なんだかフェリシティが、とてつもない幸運を運んできてくれたみたいに思えて、くつひもを結《むす》びながらにやにやしてしまった。

みんなが子ガモのように集まってくると、フェリシティは一人ひとりにほほ笑《え》みかけた。

「今日がはじめての子もいるようね。うれしいわ。保護者《ほごしゃ》のみなさんは、もうお帰りになってけっこうですよ」そういって、ハエでも追い払《はら》うかのように頭上で手をふる。

「レッスンは四時までですが、しめくくりに、すばらしいダンサーたちが今日習ったダンスを披露《ひろう》するので、五分前にはお迎《むか》えにきてくださいね」

フェリシティが引きしまった手をパンパンとたたくと、大きな指輪《ゆびわ》がぶつかり合ってカシャカシャ鳴った。

「暑くてうんざりしちゃうけど、ダンスをして楽しい一日にしましょうね」

子どもたちが親たちの方をふり返り、笑顔《えがお》で手をふっている。新入りはどの子だろう。ぼくは集まった子たちの顔ぶれを横目で見た。

へっ？　うそ……うそだろ？　そんな……。

あれは、スカーレットとマリアム、それにティファニーじゃないか！

うそだろ？　サイアクだ……。

せっかくふくらんでいた風船が、パンッと割《わ》れてしまったみたいな気分だ。

まずい、今すぐここを出なきゃ。

学校のみんなは、ぼくがダンスを習っていることをだれも知らない。学校でのぼくは、ただのレオで、しゃべらない男の子なんだ。

ダンスのことは、だれにも知られちゃいけないトップシークレットなのに――。

早くここを出なきゃ！

6　まさかの三人組

ソフィの姿《すがた》をさがしたけど、いない。たぶん、いちばんにホールを出たんだ。

終わった……。

ホールは、奥《おく》の壁一面《かべいちめん》が鏡《かがみ》ばりで、部屋《へや》全体が映《うつ》し出せるようになっている。その鏡《かがみ》でこっそりようすをうかがうと、三人とも、おたがいのレオタードや髪《かみ》どめをほめるのに夢中《むちゅう》で、ぼくがいることにまだ気づいていない。

まずは落ち着くんだ。ぼくは言語聴覚士《げんごちょうかくし》さんに教わったとおり、五秒かけて鼻から息を吸《す》い、五秒かけて息を吐《は》いた。

そうだ、もしかしたらあの三人は、ぼくのことなんて覚《おぼ》えてないかもしれない。

ぼくがティファニーのあとを追っかけてたのは、もうずいぶん前のことだし、それに学校では、透明人間《とうめいにんげん》みたいにひっそりと気づかれないようにしてるから、みんな、ぼくが存在《そんざい》することすら、忘《わす》れかけてるだろう。覚《おぼ》えてたとしても、たぶん、ダンス教室の少年とぼくが同一人物だなんて思わないんじゃないかな。

あっちを見るな。

存在《そんざい》を消すんだ。

カチコチになるな。

ふと手が、オレンジ色のふさふさの髪《かみ》に触《ふ》れる。

こんな目立つ髪《かみ》してて、三人に気づかれないはずがないじゃないか……。

「どうしたの?」

リカが、いつもよりは小さめの声でたずねた。

ぼくはうつむいたまま首をふった。三人の方は見ないようにし、呼吸《こきゅう》に意識《いしき》を集中させる。

リカは、ほかの子たちをちらちら見ては、ぼくがだれにおびえているのか、つきとめようとしている。

「どの子か指でさせる?」

今度も首をふる。リカをあの三人に引き合わせたりしたら、リカはぼくをおいて、あの三人のところへ行くに決まってる。三人ともよくしゃべるし、悲しいけど、リカの友だちにぴったりだ。そのとき、フェリシティの指示《しじ》が聞こえた。

「じゃあ、まずはウォーミングアップから。といっても、こんなに暑くちゃ、あったまる必要《ひつよう》なんかないけどね。そのあと、グループにわかれて基本《きほん》ステップの練習よ」

そういうと、フェリシティは大音量《だいおんりょう》で、マーサ・アンド・ザ・ヴァンデラスの『ヒート・ウェイブ(熱波《ねっぱ》)』を流しはじめた。

「ちょっとふざけたタイトルでしょ?」

ヘッドセットマイクを通した声は、音楽がかかっていてもしっかり聞こえる。

そしてウォーミングアップがはじまった。

とりあえず、リカや、ティファニーたちのことはあと回しだ。

目を閉《と》じ、一、二、と数え、音楽に合わせて呼吸《こきゅう》を整える。全身で音楽を感じ、心地よいビートとリズムでからだを満《み》たすと、不安《ふあん》や恐《おそ》れが押《お》し出されていく。

目を開け、音楽だけに意識《いしき》を傾《かたむ》ける。そうしていると、からだが勝手に動き出し、決まった動きをくり出しはじめる。

いったん踊《おど》り出したら、心が軽くなって、はずかしさも消えてなくなる。いつだってそうだ。踊《おど》ってるあいだは、百パーセントの自分でいられる。音楽が流れると、ちょうど飛行機《ひこうき》が自動操縦《そうじゅう》モードに入ったみたいに、からだが勝手に動き出すんだ。

まずは基本《きほん》ステップから。横に踏《ふ》み出した足にもう一方の足をそろえるサイドステップに、前に踏《ふ》み出した足にうしろ足を寄《よ》せるシャッセ、チャチャチャのリズムで右へ踏《ふ》みこむマンボステップ、右、左と交互《こうご》に足を寄《よ》せるツー・ステップのあと、くるっと一回転し、左に踏《ふ》みこむマンボステップへとつづく。

リカは、前にダンスを習ったことがあるだけあって、すぐに動きをものにした。

リカとぼくは、トランポリンでポーズをまねっこしたときのように、うまくリズムに乗っていた。髪《かみ》がふわっと持ち上がる感じが心地よくて、思わず笑顔《えがお》になる。

もしかしたら、そんなに心配しなくていいのかも。とにかく踊《おど》って、踊《おど》って、しゃべろうとしなければいいんだから。

生徒《せいと》はぜんぶで二十人ぐらい。ぼくとリカがいるのは前の方で、スカーレット、マリアム、ティファニーの三人は右後方にいる。

スカーレットとマリアムはときどきまちがえながらも、なんとかついてきているけど、ティファニーは動きがガチガチで、ぜんぜんリズムに乗ってない。逆方向《ぎゃく》に動いては、ほかの子にぶつかりそうになっている。

そのようすにフェリシティが気づいた。右、左、と指示《しじ》を出し、完璧《かんぺき》なステップを踏《ふ》みながらも、目でティファニーの動きを追っている。

フェリシティは若《わか》いころ、ロンドンのウエストエンドにある劇場《げきじょう》で〈キャッツ〉や〈シカゴ〉みたいな有名なミュージカルに出てたんだ。

前に一度、みんながなかなか指示《しじ》どおりの動きができなかったとき、フェリシティがYouTube《ユーチューブ》で、自分の踊《おど》っている動画を見せてくれた。

その日の夜、ぼくは家のパソコンで、フェリシティが出てくる動画を片《かた》っ端《ぱし》から見ていった。すごかった！　ぼくもあんなふうに踊《おど》ってみたかった。かんもく症《しょう》じゃなきゃできるかもしれないのに……。

このままだと、フェリシティはティファニーにかかりっきりになってしまう。ティファニーが一日目でこりて、こなくなったらいいのに。

ティファニーにはサッカーがあるのに、なんでダンスを習うんだよ？　ティファニーだけじゃない、スカーレットやマリアムにも、ここにいてほしくなかった。

このままじゃ、楽しいはずの夏期レッスンが台無《だいな》しだ。

7　リカの友だち？

ティファニーとスカーレットが、ついていくのにせいいっぱいなのに対し、マリアムはだんだん余裕《よゆう》が出てきて、鏡越《かがみご》しにほかの子のようすをうかがい出した。

オレンジ色の髪《かみ》がはずんでいるのを見たマリアムが、はっと目をもどした。と思ったら、ぼくと目が合った。びくっとしたせいで、ぼくは右足から踏《ふ》み出すマンボステップを、左足から入ってしまった。

あわてて踏《ふ》みかえ、すぐにリズムを取りもどしたけど、動きがぴったりそろっていたリカには気づかれた。

鏡越《かがみご》しにホールを見回していたリカの目が、はずかしそうにほほ笑《え》むマリアムの姿《すがた》をとらえた。リカがほほ笑《え》み返す。にっこりと親しみをこめて――。

さあ、きたぞ。これでリカに本当の友だちができたってわけだ。

マリアムがスカーレットをひじでつつき、ぼくらの方をあごでさす。ティファニーは、右と左をまちがえないようにするのにせいいっぱいで、ほかを見る余裕《よゆう》はない。でも、ふたりにはバレてしまった。ダンスに集中しようにも、気が散《ち》ってしまう。

しばらくしてフェリシティがいった。

「みんな、いい感じよ。じゃあ、ここで一回休けいね」

ぼくらは荷物ラックにもどった。あの三人は、べつのラックのそばで身を寄《よ》せ合っている。ちらちらこっちを見ているところからすると、ぼくらのことをうわさしているにちがいない。スマホで自撮《じど》りしてるとき以外《いがい》は、ってことだけど。

「あの子たち、知り合いなの？」

こそこそ話をしている三人の方を、リカがあごでさす。

と、つぎの瞬間《しゅんかん》、リカの目がぼくの水筒《すいとう》にくぎづけになった。

「うっそお！　まさか『ギャグル・ギャングズ』のファン？　あたしもよ！」

奇跡《きせき》だ。これで二回目。学校ではみんな四年生ぐらいになると、『ギャグル・ギャングズ』なんて子どもっぽいって、ばかにしはじめる。

「ドッグ・ガールとか、もうサイコーだよね。あたし、ドッグ・ガールになりたいんだ。ほら、テレパシーで伝《つた》えるとことかいいよね」

リカはさっそく、ドッグ・ガールのまなざしをまねしてみせた。かなり似《に》てる。

「ほんと、すっごくかっこいいよね。あの回は見た？　ドッグ・ガールがオオカミに出会う話。あれ、いちばん好《す》きなんだ。毎回、録画《ろくが》してるの。ねえ、今度うちに見にこない？　レオの家のプレステで見てもいいし。たしかＤＶＤも見られた――」

「あら、レオじゃない」

とつぜん、暗くなったと思ったら、あの三人組が目の前に立っていた。まるで破滅《はめつ》を告《つ》げる予言者のように――。ぼくはうつむき、三人の足元を見つめた。

「はあい」

リカがさらっとあいさつする。『ギャグル・ギャングズ』の話をじゃまされたっていうのにぜんぜん動じてない。ぼくはあらためてリカに感心した。

「レオの友だち？」リカは三人にたしかめてから、さらにこう聞いた。

「レイクサイド小学校の子？　あたし、リカ。このあいだ引っ越《こ》してきたばかりよ。パパの仕事の関係《かんけい》であっちこっち引っ越《こ》してるんだ。パパは、薬を売ってるの」

そこでちょっとひと呼吸《こきゅう》おいてから、こうつけくわえた。

「薬を売ってるだなんて、なんか、やばい仕事みたいだよね」リカが笑《わら》う。

ぼくがちらっと見ると、三人とも魔法《まほう》にかかったみたいに、リカにくぎづけだ。

転校生はいつだって注目の的《まと》。あっという間に、ぼくの前からいなくなるに決まってる。ぼくなんかとずっといっしょのわけがない。

「お父《とう》さん、密売人《みつばいにん》なの？」

マリアムがびっくりしてたずねると、リカはもう一度笑《わら》って、首を横にふった。

「わたし、ティファニー。この子はマリアムで、こっちはスカーレットよ」

「はじめまして」とリカ。

「しゃべり方がちがうけど、どこからきたの？」スカーレットがたずねる。

「あっちこっちに住んでたんだ。でも、生まれはシェフィールドだから、北だね」

「レオとは同級生なの」と、ティファニー。そういいながらも、ぼくの方は見ようと

もしない。「まさか、ダンスができるなんて知らなかった。でもずるいわ。ふたりともうまいんだもん。ううん、ふたりだけじゃない。みんなそう。わたし以外《いがい》はね」

ティファニーは、べつにいいけど、って感じで肩《かた》をすくめて見せたけど、声にはくやしさがこもってたし、こぶしをぎゅっとにぎりしめている。

ぼくはなんか複雑《ふくざつ》な気持ちだった。ティファニーがダンスをきらいになれば、レッスンにこなくなるかもしれないし、それはうれしい。三人がいるせいで、楽しいはずのレッスンが台無《だいな》しだからだ。でも、ぼくにとって、ダンスはかけがえのない大切なもの。ダンスのすばらしさをティファニーにわかってもらえないのはいやだった。

ティファニーにはいなくなってほしいけど、ダンスが理由であってほしくはない。

「三人とも、もっと前にきたらいいのに。うしろに引っこんでたら、先生の足の動きも見えないし。先生に近いほど、よくわかるよ」リカが親身になっていう。

「でも、前に出たら、わたしが下手《へた》くそなのが、みんなにバレちゃうじゃない」

ティファニーが声をつまらせる。ぼくはますますわけがわからなくなった。

みんなよりできることが、このぼくにあったなんて。ずっと自分はしゃべれないだけの子だと思ってたのに、人よりできることがあったんだ。

「そんなに下手じゃないって」

声がした方をちらっと見ると、スカーレットがティファニーの肩《かた》を抱《だ》いていた。

「まだ習いはじめたばかりだもん。あたしたちも下手くそだよ。ね、マリアム？」

いっしゅん間があって、マリアムがあいづちを打つ。

「うん、そう。ぜんっぜんだめ」

口ではそういってるけど、自分はティファニーよりはましだって思っているのが、ぼくにはわかった。ていうか、ティファニーに比《くら》べたら、だれだってましに見える。

それをかわいそうだと思わなきゃいけないんだろうか？

リカがバッグをあさり、ミントラムネを引っぱり出した。そのとき、カバンの中になにかが見えた。

ぼくの手紙だ！

封《ふう》は開いてる。なぜリカは、あの手紙をダンス教室に？　どういうことだ？

あの手紙を見たせいで、ぼくはますます落ち着かなくなった。

リカが立ち上がり、ティファニーにラムネをさし出した。

「ありがとう」

ティファニーはひとつ取ってリカに返した。

「だれもほかの子のことなんて見てないよ。ついていくのにせいいっぱいで」

リカのいい方はやさしく、思いやりが感じられた。

でも、ぼくはもうティファニーのことなんて、どうでもよくなっていた。バッグから見えたあの手紙のことで、頭がいっぱいになってしまったんだ。リカがいった。

「まずはステップの名前を覚《おぼ》えたら？ そしたら、ついていきやすくなるよ」

「そうだね。だいたいマンボとか、チャチャってなに？」

そんなスカーレットたちの会話も、手紙のことが気になって、半分上の空だ。

「先生のところへ行って、基本《きほん》から教えてほしいって頼《たの》んでみたら？」と、リカ。

「それより、あなたが教えてよ」

ティファニーの言葉にはっとして、ぼくは会話に注意をもどした。

「そうよ。すごく上手《じょうず》だし、あなたから教えてもらった方がいいわ」と、マリアム。

「あたしたちの近くで踊《おど》ってくれない？　お手本にするから」と、スカーレット。

ほうら、きたぞ。ぼくは心臓《しんぞう》がドキドキしてきた。

リカがこっちをちらっと見たので、目をそらすと、バッグからのぞいている手紙のはしが目にとまった。

リカがぼくの視線《しせん》をたどり、手紙を見る。リカが考えこむ。

さあ、リカの心は決まった。これからあの三人のところへ行ってダンスを踊《おど》る。これで三人とリカは友だちだ。リカはティファニーにダンスを教え、最後《さいご》の発表会も四人でグループを組むだろう。ぼくはそれを、うらやましそうに見ているだけ。ぼくだって仲間《なかま》に入りたい。でも、無理《むり》なのはわかってる。

これじゃあ、去年の夏の何千倍もみじめじゃないか。

あともう少しってところまでいったのに、なんでこうなるんだよ？　なんでぼくは、犬や本の登場人物としか、友だちになれないんだ？　なんでほかの子のように、ふつうにしゃべれないんだよ？

すると、リカがいった。

「ねえ、レオ、うしろの方で踊《おど》るのも悪くないかもよ」

沈黙《ちんもく》のなか、心臓《しんぞう》の音がドクドクと耳に響《ひび》き、からだがかあっと熱《あつ》くなる。

リカは、まだぼくと友だちでいたいと思ってくれてるんだ。なんでなのかは、わからないけど。五人で仲良《なかよ》くすればいいって――。ぼくはリカにすごく感謝《かんしゃ》した。

すると、ティファニーがいった。

「ふたり分のスペースはないかも」

うわっ、まただ。意地悪なひとことに、横っ面をピシャッとはられた気分だ。

「たしかに、ちょっと混《こ》みあってるよね」スカーレットも一発！

「新入りが、みんなうしろに固《かた》まってるせいじゃない？」マリアムも加勢《かせい》する。

三人で寄《よ》ってたかってぼくを外しにかかる。と、ティファニーが決定打を放った。

「リカだけきてくれると、ちょうどいいんだけど」

さらにスカーレットが、これでもかと追い打ちをかける。

「いくらダンスができたって、レオはステップの名前を教えられないでしょ？」

三人はますます結束《けっそく》を強め、魚の群《む》れをねらうシャチの群《む》れのように、リカににじりじりとしのびよってゆく。

さあ、いよいよだ。リカが、ぼくかティファニーたち、そのどっちかを選《えら》ぶときだ。

どっちとも友だちってわけにはいかないんだ。

ぼくは友だちのいない、しゃべらない男子。そんな子と、どうやったら友だちでいられる？　無理《むり》だ。ありえない。

気まずい時間が流れたあと、ついにリカがいった。

「だったら、先生に教えてもらったらいいんじゃない？」

きっぱりと、これで決まりだというふうに。リカはそのまま三人に背《せ》を向け、ぼくのとなりにどかっとこしかけた。座《すわ》った勢《いきお》いで小さな風が起こり、ライオンのたてがみのようなぼくの髪《かみ》がふわっと持ち上がった。

リカは、ただ、ぼくのとなりに座《すわ》っただけ。月に降《お》り立ったわけじゃない。

でも、このなんてことのない行動が、ぼくには歴史的《れきしてき》な一歩に思えたんだ。

8　本当にやりたいこと

レッスンはさらにつづいていく。
ぼくとリカは、全体で基本《きほん》ステップを練習しているとき以外《いがい》、ティファニーたちからできるだけ離《はな》れたところにいた。リカにはっきり断《ことわ》られたというのに、三人は休けい時間になるとのこのこやってきて、リカを仲間《なかま》に引っぱりこもうとした。
ティファニーはリカの髪型《かみがた》を「すごくいいね」といい、スカーレットはリカのレオタードをほめちぎった。マリアムは、リカがはいているシューズを、「やわらかくて底《そこ》が平らで最高《さいこう》！　どうりできれいに回れるわけね」とほめた。
何度おせじをいわれても、リカはただ、「ありがとう」っていうだけで、はじめのときのような親しさはもうなかった。三人はあいかわらず、ぼくのことなど気にもとめなかった。学校にいるときと同じで。

しばらくすると三人は、リカのアドバイスどおり前に出てきて、ぼくたちの前で、つまりフェリシティのすぐ横で踊《おど》りはじめた。

お昼、ティファニーがやってきて、「リカのいうとおり前で踊《おど》るようにしたら、動きがわかりやすくなったよ」といった。じっさいは、あまり変《か》わってなかったけど。三人が、まるでネズミの巣穴《すあな》の前にはりつく猫《ねこ》みたいに、リカに飛《と》びかかる機会《きかい》をうかがってると思うといやな気分だった。ぼくは純粋《じゅんすい》にダンスを楽しみたかった。どうやら、リカも同じ気持ちみたいだった。

レッスンのあいだ、フェリシティは、室温を下げるのと、ティファニーに基本《きほん》ステップを教えるのにかかりきりだった。それでもその日のレッスンが終わるころには、みんな、迎《むか》えにきた保護者《ほごしゃ》たちに練習の成果《せいか》を披露《ひろう》できるぐらいになっていた。

ぼくは大勢《おおぜい》の保護者《ほごしゃ》が見ている前では踊《おど》れないから、いつもどおり見学し、みんながローズ・ロイスの『カー・ウォッシュ』に合わせて踊《おど》るようすを、迎《むか》えにきたダニーのとなりで見ていた。

リカは、みんなの中でいちばん上手《じょうず》で、ほかの子たちは、リカをお手本にしていた。マリアムとスカーレットは、ときどきミスしながらも、なんとかついていっていて、はじめてダンスを習うにしては上出来だった。

それに比《くら》べ、ティファニーのダンスは目も当てられないほどひどかった。動きがぎこちなく、リズムもめちゃくちゃ。テンポが二カウント分ぐらいずれている。

そのあまりの苦戦《くせん》ぶりに、見ているこっちまでひやひやしてきた。

それなのに、ティファニーから目が離《はな》せなかった。サッカーはあんなにできるのに、ほかのことだと、からっきしだめなんてことがあるんだとびっくりした。

汗《あせ》にぬれたティファニーの髪《かみ》が、ちぢれた麺《めん》のように小さな束《たば》になっている。鼻から汗《あせ》がしたたり、Tシャツのわきと背中《せなか》には、大きな汗《あせ》じみができている。汗《あせ》でテカった顔は屈辱《くつじょく》にゆがみ、今にも泣《な》いて帰りそうに見える。

ぼくは、となりにいるティファニーのお父《とう》さんとお母《かあ》さんのようすをちらっと見た。お母さんはやりきれないようすで、ティファニーがミスをするたびに顔をゆがめてるけど、お父さんの方はずっとにこやかなままだ。リズムに合わせて楽しそうに頭を揺《ゆ》らしているところからして、ダンスをすすめたのはお父さんにちがいない。

なにかすごく苦手なことがあって目立ってしまうときの気持ち、ぼくにはよくわかる。ティファニーがダンスが下手《へた》なことは一目瞭然《いちもくりょうぜん》だった。ぼくがしゃべれないのと同じで、人前に出れば、すぐにわかってしまうことなのだ。

曲が終わると、まるで磁石《じしゃく》が引き合うように、子どもと親がいっしょになった。

「すごくよかったぞ。明日《あす》はもっとうまくなるな」ティファニーのお父さんがいった。

「ううん、最低《さいてい》よ。ダンスなんてきらい。もう二度とやらないもん」

ついにたえきれなくなったのか、ティファニーが声を震《ふる》わせていった。

「そんなことないぞ。上手だったじゃないか。ダンスウェアも買おうな。あのパッと広がるスカートとか、ダンスシューズとか」

お父さんは、ほかの子たちを見回しながらいった。

「そんなのいらない。一日だけっていったよね。パパのいうとおり、ちゃんとがんばったよ。でも、好《す》きになれない。わたしはサッカーがしたいの。ダンスじゃなくて」

「だけど……そうだ！　だったら、体操《たいそう》はどうだ？」

「体操《たいそう》なんて興味《きょうみ》ない。わたしはサッカーがしたいの」

するとと、ティファニーのお母さんがお父さんのうでに手を置《お》いていった。

「ねえ、ジム、試《ため》すだけでいいっていったわよね。丸一日やってみて、もうやりたくないっていってるんだから」そしてティファニーの方を向いていった。

「やるだけやったんだし、もうじゅうぶん。あなたが合わないっていうなら、そうなのよ。みんながみんな、ダンスが得意《とくい》ってわけじゃない。そう、あの――」そこでリカの方を向く。リカはベンチにこしかけてサンダルにはきかえているところだった。

「あそこにいる子みたいにね。あの子、ほんと上手だったわ」

「ティファニーだって、同じぐらい上手になるさ。ただ、練習が足りないってだけで。あと、ちゃんとしたシューズとね」お父さんは引き下がらない。

「くつを買うなら、サッカーシューズにして。あのプレデターの、かっこいいやつ」

お母さんが笑《わら》った。

「ねえ、ジム、本人にやる気がないんだから、これ以上《いじょう》なにをいってもむだよ」

ティファニーのお父さんは、ふっとため息をついていった。

「わかったよ。ぼくの負けだ。サッカーのサマーキャンプに行っといで」

ティファニーは、今日《きょう》一日で最高《さいこう》のターンを決め、マリアムとスカーレットに向かってにかっと笑《わら》った。

「わたしはぬけるから、あとはふたりでがんばって。あの、リカって子に教えてもらうのがいちばんよ」そういって、リカのいる方を指さした。

これでティファニーは明日からこなくなるだろう。でも、まだ安心はできないぞ。リカは、今のところまだ友だちでいてくれるけど、マリアムとスカーレットは、これからもリカを取ろうとしつこくやってくるに決まってる。リカとは、なんか特別《とくべつ》って感じがするけど、だからって、ずっと友だちってわけにはいかないのもわかってる。

『ギャグル・ギャングズ』のカードコレクションの、ドッグ・ガールのカードと同じだ。すっごくレアで、まだ出たことないけど、もし手に入ったとしても、すぐポケットから落っことしてなくしてしまうのがオチだ。

リカが、スキップしながらこっちにくる。ぼくもスキップでリカを迎《むか》えられたらなあ。ちょうど部屋の真ん中でいっしょになって、ふたりでダンスを踊《おど》るんだ。まわりの目なんか気にせず、手を取り合って、くるくる回って――。

「ダンス、すっげえうまいじゃん」ダニーがリカにいうと、リカは、ダニーにじゃなくて、ぼくににっこりほほ笑《え》んで、「ありがとう」といった。

ぼくもほほ笑《え》み返そうとしたけど、心臓《しんぞう》のバクバクがのどまでせり上がってきて、できなかった。だから、今のところ友だちでいてくれる、リカの足元を見つめるしかなかったんだ。

9　リカのとまどい

つぎの日は、ソフィとぼく、リカの三人でレッスンに向かった。

またマリアムとスカーレットが、リカを横取りしようと待ち構《かま》えているんじゃないかと心配だったけど、リカとソフィのおしゃべりを聞いてたら、ちょっと気分がましになった。と思ったら、今度は、自分の存在《そんざい》が忘《わす》れられてるような気がしてきた。ソフィにはたくさん友だちがいるんだから、ぼくの友だちまで取らないでよね。

「パッチもいっしょに連《つ》れてきたかったんだけど、朝からこの暑さじゃね」

ソフィのビーチサンダルの音が、パタパタと耳に心地よく響《ひび》く。

「地面が熱《あつ》すぎて、足をやけどしちゃうわ。夜の八時を過《す》ぎないと散歩《さんぽ》は無理《むり》ね」

「パッチの散歩《さんぽ》、あたしもいっしょに行っていい？」と、リカ。ソフィの歩くペース

に合わせると、自然《しぜん》と早歩きになる。

「リカのお母《かあ》さんがいいっていったらね。でも、ちょっと時間がおそいんじゃない」

「レオがだいじょうぶなら、あたしだっていいはずよ。だって同い年だもん」

リカが肩越《かたご》しにぼくに笑《わら》いかける。ぼくもがんばって笑顔《えがお》を返す。

リカといっしょなら、パッチの散歩《さんぽ》も、もっと楽しくなるかも。ソフィとリカでしゃべってばっかりで、ぼくをのけ者にしなければ、の話だけどね。

そうだ、ぼくとリカで、パッチとキャッチボールして遊ぶあいだ、ソフィにはベンチでスマホでも見ててもらえばいいんだ。パッチはキャッチボールが得意《とくい》で、公園に行くと池で水を飲むとき以外《いがい》、ずっとボールを追いかけてる。

「パッチって、すっごくかわいいよね。レオたちはいいなあ」

「あの子の毛を毎日そうじする身になったら、そんなことといってられないかも。ほんと、そこらじゅう毛だらけなんだから」

「そんなの気にならないよ」リカが肩《かた》をすくめていう。「あたしね、大きくなったら、ドッグ・ガールになりたいんだ。『ギャグル・ギャングズ』に出てくる」

「まさか、リカもあのくだらない番組が好《す》きなの？」

「『ギャグル・ギャングズ』は最高《さいこう》よ。ね、レオ？」と、リカ。

ぼくはうれしくなってうなずいた。そうだ、ソフィはあの番組が大きらいだった。

「まさに夢《ゆめ》に見た友だちが、となりに引っ越《こ》してきたってわけね、ライオン？」とソフィが笑《わら》う。

本当にそのとおりだ。リカはまさに、ぼくにとっての理想の友だち。たとえ長くはつづかないにしても、このひとときをめいっぱい楽しむんだ。

昨日《きのう》の夕方も、ぼくとリカはおたがいのトランポリンではねては、笑《わら》い合った。暑さでへとへとになると、リカがぼくの家の庭にやってきて、パッチもいっしょにトランポリンの下にもぐって暑さをしのぎ、ふたりでアイスバーをなめた。

ぼくとリカでパッチの耳を片《かた》っぽずつなでてるあいだ、リカは前に住んでいたところの話や、もうあちこち引っ越《こ》さなくてすんで、すごくうれしいって話をした。リカの楽しいおしゃべりに、ぼくは、あの手紙のこともすっかり忘《わす》れてしまっていた。

「パッチはね、ライオンのためにって母さんが連《つ》れてきたのよ」ソフィがリカに話している。「昔からパッチが相手だとしゃべれたのよね、ライオン？」

ぼくがうなずくと、ソフィはさらにいった。

「それはきっと、パッチがなにもいわないからじゃないかと思うの」

それはちがう。人の言葉はしゃべらなくても、パッチはいろんなことを伝《つた》えてくれる。人って、本当のことだけじゃなく、まちがったこともときどきいう。でも、ぼくはしゃべれないから、聞いているしかない。

「あのころ、ライオンとパッチは、どっちもまだ小さくてねえ」そういってソフィが、ぼくにほほ笑《え》む。「ライオンたら、よくパッチのベッドでいっしょに丸まってたのよ。すんごくかわいかった。最近《さいきん》は、パッチの方がライオンのベッドに入ってきてる。こんなに暑くてもね」

「いいなあ」と、リカ。「犬を飼《か》ってもらうためなら、あたし、なんだってするよ。ほんと、アーハンってめいわく。ドッグ・ガールになる練習も、パッチを借《か》りてやるしかないか」リカはそういって、ぼくにうでをからめてきた。

リカの肌《はだ》が触《ふ》れた瞬間《しゅんかん》、ふっと足取りが軽くなる。まるでレッスンがはじまる前から、もう踊《おど》ってる気分だ。このままリカとずっと友だちでいられたらいいのになあ。

「ふたりが友だちになってくれて、ほんとうれしいわ。手紙を書くようすすめたのは、わたしなのよ。ね、ライオン？」

ソフィが得意《とくい》げにいうと、リカのうでが、さっとこわばった。

「あ……えっと、そう、手紙ね」そういったきり、リカはうつむいたままだ。

急にどうしちゃったんだろ？　いやわかってる。手紙に書いてあったことを思い出したんだ。あの手紙、今日《きょう》も持ち歩いてるのかな？　でも、なんでなんだろう？

「……手紙の返事って、書いた方がいい？」しばらくしてリカがおずおずと聞いた。

気にしてたのは返事のこと？　いや、それだけじゃないはずだ。ぜったい、手紙に書いたかんもく症《しょう》のことと、なんか関係《かんけい》があるんだ。

ソフィが笑《わら》っていった。「返事なんて気にしなくていいのよ。ライオンは家の外では、伝《つた》えたいことを字に書くの。親しくなってくると、耳元でささやくようになるわ。そうよね、ライオン？」

ぼくはうなずくと、リカのうでをほどいて背中《せなか》からリュックを下ろし、電子メモパッドとペンを取り出してリカに見せた。

ぼくと話せる方法《ほうほう》があるとわかって、リカも喜《よろこ》んでくれるだろうって思ったのに、リカはこれまででいちばん浮《う》かない顔をしている。どうしたんだろう？　さっそくパッドに書いて聞いてみようかと思ったけど、ソフィがどんどん先に行ってしまう。

リカは、行かなきゃというように肩《かた》をすくめ、急いでソフィのあとを追った。

ひとり残《のこ》されたぼくに、朝の日ざしがじりじりと照《て》りつける。

「ほら、ライオンも、おいでよ」ソフィが肩越《かたご》しにぼくを呼《よ》んだ。

さっきのリカの反応《はんのう》はなんだったんだ？　新たな疑問《ぎもん》を胸《むね》に、ぼくはパッドとペンをしまうと、ふたりのあとを追いかけた。

ダンス教室のあるホテルに着くと、リカは回転ドアに入ったきり、向こう側《がわ》には出ずに、そのまま三周《しゅう》した。

一周《いっしゅう》するたびに、外に立っているぼくに向かって「ほら、入って」と急かす。ソフィはとっくに中で待っていて、リカが一周《いっしゅう》するたびに、顔をくもらせてゆく。

四周目《しゅう》でぼくがようやく中に飛《と》びこむと、リカは水鉄砲《みずでっぽう》の撃《う》ち合いでもしてるみたいに、キャッキャッと笑《わら》い声を上げ、さらに勢《いきお》いよくドアを回した。

六周《しゅう》目に入ったとき、ソフィが「ちょっと、こわさないでよ」って注意してきたけど、笑《わら》い声と回転ドアが回るブーンという音で、ほとんど聞き取れなかった。

とそのとき、スカーレットが母親といっしょにくるのが見え、楽しい気分はいっしゅんにして吹《ふ》き飛《と》んだ。ぼくはすばやく回転ドアから出て、ソフィのそばに行った。

「ねえ、レオ、なんでやめちゃうの？　もうちょっとで竜巻《たつまき》が起こせたのに」

「いいね、その物理知識《ちしき》の応用《おうよう》」

ほめられたリカが、きょとんとすると、ソフィはふっとほほえんでいった。

「あ、気にしないで。さ、行くよ」

すたすたとホールに向かうソフィを追いかけようとしたとき、いきなりスカーレットとおばさんが、ぼくらの前に立ちはだかった。

「おはよう、リカ」

スカーレットがリカにいう。ぼくのことは、まったく目に入っていない。

「リカさんって、いいお名前ね」

おばさんは、ぼくの方には目もくれず、リカにねこなで声でいった。あまったるい香水《こうすい》のにおいが、あたりいっぱいに漂《ただよ》っている。

「昨日《きのう》見てたけど、ダンスがとってもお上手《じょうず》なのね」

「ありがとう。でも、レオの方が上手よ」

リカがそういって、ぼくにほほ笑《え》んだので、ぼくはうれしくなった。

おばさんが、ぼくの方をちらっと見る。でも、なにもいってこない。どうせしゃべれないんだし、話しかけるだけムダって思ってるんだろう。スカーレットと同じで、リカにしか興味《きょうみ》がないんだ。

「娘《むすめ》から聞いたんだけど、九月からレイクサイド小学校に通うんですってね」

リカの表情《ひょうじょう》がさっとくもる。さっきまであんなに明るかったのに、ずいぶんな変《か》わりようだ。リカはかすかにうなずいてみせた。

「それなら今日は、スカーレットやマリアムといっしょに踊《おど》ってみたらどう？」

リカが肩《かた》をすくめる。ぼくは足をもぞもぞさせて、逃《に》げたい気持ちをこらえた。

「同じ学校の友だちを、作っておいた方がいいでしょ？」

おばさんのいう友だちとは、しゃべれる友だちのことだ。つまりぼくじゃない。

リカはなにかいおうとしたけど、そのまま口をつぐんだ。

おばさんは、勝ちほこったような顔をし、娘《むすめ》に手をふって投げキッスすると、焼《や》けつくような暑さの中へともどっていった。あとには、昨日《きのう》、バスがふかした排気《はいき》ガスみたいに、おばさんの香水《こうすい》のにおいが残《のこ》った。

サングラスをかけるおばさんをガラス越《ご》しに見て、なんか苦手だなと思った。

「ねえ、マリアムをさがしに行きましょ」

スカーレットがそういってリカの手を取ろうとすると、リカはさっと手を引っこめ、きっぱりといった。

「昨日《きのう》もいったよ。あたしはレオと踊《おど》るの。四人がいやなら、ふたりでやって」

「勝手にすれば」

スカーレットはぷいっと背《せ》を向けると、肩《かた》にかかったポニーテールをふりはらい、ぷんぷんしながら行ってしまった。

そのあと、リカとふたりでのろのろとホールに向かいながら、本当にこれでよかったの？　ってリカに聞いてみたい気がした。口のきけない男子と友だちでいるより、スカーレットやマリアムと友だちでいる方が、ずっと楽なはずだ。

でも、ほんというと、聞けなくてホッとしていた。

これで、まだしばらくは、リカと友だちでいられそうだぞ。

10　大好《だいす》きなおとなりさん

夏期レッスンの二日目は、一日目よりも早く時間が過《す》ぎていった。
スカーレットとマリアムは、はじめのうちこそ、こっちを指さしては、こそこそなにかいってたけど、そのうちあきらめたみたいだった。
ぼくらは、おたがい離《はな》れたところに荷物を置《お》き、休けいに入ると伝書《でんしょ》バトのようにそれぞれの荷物置《お》き場《ば》にもどった。昨日《きのう》とちがって、休けいのたびにふたりがリカにすり寄《よ》ることも、持ち物をほめそやすこともなかった。自撮《じど》りもやめていた。
ふたりが、つんとした態度《たいど》をとったり、ふんっと髪《かみ》をはらったりするのを見ても、リカはなにもいわなかった。かわりに、またスマホがすごくほしいという話や、ダンスの話題、『ギャグル・ギャングズ』の話に花を咲《さ》かせた。

お弁当《べんとう》の話もした。リカは、ぼくが知っているなかでいちばん話し上手《じょうず》で、話のネタが尽《つ》きることがない。リカもぼくと同じで、チーズサンドイッチにポテトチップスをはさんで食べる派《は》だった。とくにたまねぎ味のポテトチップスをはさむと、いい感じに塩気《しおけ》がきいて、おいしいんだって。知ってた？

＊

その日は、昼食と休けいのとき以外《いがい》、ずっと踊《おど》りっぱなしで、最高《さいこう》に楽しいレッスンだった。

お迎《むか》えのときの発表も、見ているだけで楽しかった。この分なら、マリアムとスカーレットがいたってだいじょうぶかも。

今日《きょう》もリカはみごとなダンスを披露《ひろう》し、ソフィは思いっきり拍手《はくしゅ》した。

リカが帰り支度《じたく》をするあいだ、ぼくはこっそりスカーレットとおばさんのようすをうかがった。マリアムとそのお母《かあ》さんもいる。四人は、ひそひそ声でしゃべりながら、ぼくの方を見てうなずいている。ソフィが気づき、ぼくに小声でいった。

「ライオン、なにかいってきてやろうか？」

ぶんぶん首をふったら、髪《かみ》がわさわさ揺《ゆ》れた。

ソフィは文句《もんく》をいいたくてうずうずしているみたいだったけど、なんとかだまっていてくれた。これがママだったら、そうはいかない。すかさず乗りこんでいって、ガンガンいいまくっていただろう。

でも、そんなことしたって、なんにもならない。みんなは、なぜぼくがしゃべらないのかわからないんだ。だからって、みんなに手紙を書くわけにもいかない。そもそも、書いたってしょうがない相手がほとんどだし。

「もう、おなかぺこぺこ」リカがやってきていった。

「じゃあ、フィッシュ・アンド・チップスでも食べに行こっか。たしか今日は、母さんが当番だったはずよ」

ソフィはそういうと、スカーレットたちの親には目もくれず、つかつかと歩きだした。そのあとを、ぼくとリカは子羊のように、とことことついていった。

＊

店に入ると、揚《あ》げ物のいいにおいが、ぼくらを出迎《でむか》えた。

ママが着ている緑色のエプロンの胸元《むなもと》には、笑《わら》った魚の絵がついていて、吹《ふ》き出しで「なんでもいってね！」って書いてある。気のきいたエプロンだけど、ぼくがこの店で出される魚だったら、ぜったいに笑《わら》ってなんかいられないね。

外もじゅうぶん暑かったから、揚《あ》げ物の熱気《ねっき》も気にならない。でも、じっさいに揚《あ》げ物をしているママの顔は、かわいそうなぐらいほてっていて、昨日《きのう》、信号待《しんごうま》ちのときに見かけた、バスの乗客の女の人より赤い顔をしている。

ママは、ぼくらの姿《すがた》を見ると、にっこり笑《わら》っていった。

「あらまあ、いらっしゃい。夏期レッスンの二日目はどうだった？」

ママがカウンターの奥《おく》でワルツを踊《おど》ってみせると、ソフィがいった。

「リカのダンス、母さんにも見せたいわ。テレビのコンテストに出てる子みたいよ」

「そうなの？　ああ、ふたりがいっしょに踊《おど》るところ、見てみたいわぁ」

ママがそういって首を傾《かたむ》け、またワルツを踊《おど》る。すると、リカがいった。

「昨日《きのう》も今日も、ずっとふたりで踊《おど》ってたの。レオは、最後《さいご》の発表には出たがらないけど、すごく上手よ。ふたりで出られたらもっといいのに」

最後《さいご》のセリフは、ぼくに向けたものだ。

ママとソフィが、やるせなさそうに視線《しせん》を交わす。ぼくがパッチ相手にしゃべっているのを見かけたときみたいに。

「そうだ、ダンス教室で習ったこと、家でやって見せてくれない？」

ぼくはママにうなずいたけど、そんな提案《ていあん》をされる自分が情《なさ》けなかった。

ダンス教室ぐらいでビビってたら、ウエストエンドの、あの目もくらむような舞台《ぶたい》で〈ライオンキング〉を踊《おど》るなんて、夢《ゆめ》のまた夢《ゆめ》だ。

「レオのお父《とう》さんも、きっと見たいんじゃないかな？」

リカの言葉に、ぼくはドキッとした。これまでの経験《けいけん》からいって、父さんの話は持ち出さない方がいい。ママがなにをいいだすか、わかったもんじゃないからだ。

でも、ママはなに食わぬ顔で、こう返しただけだった。

「レオの父親は家にいないの。ソフィとダニーの父親は、まだときどきふたりに会ってるけど、レオの父親のことは……、まあ、話さないに越《こ》したことはないわ」

それからトングを手に取り、リカに向けながらこうつづけた。

「でも、リカのお父さんは見にこられるわね。それにお母さんと、ちっちゃいアーハンくんもね。あの弟くん、とってもかわいいじゃない？」

「ぜんぜん」リカがすかさずいうと、ママもソフィも笑《わら》った。

「だいたい、あの子は連《つ》れて行けないよ。だって犬アレルギーがあるもん。パッチがいるところだと、くしゃみと鼻水がとまらなくなるし、目も真《ま》っ赤《か》にはれるんだ」

「まあ、かわいそうに」ママはそういいながら、ハンカチで顔の汗《あせ》をぬぐった。

「かわいそうなんかじゃない。めいわくなだけよ」

「でも、わたしたちみんな、あの子が大好《だいす》きよ。アーハンくんだけじゃないわ。ご家族のみなさん全員ね。こんなにいいおとなりさんはめずらしいわ」

ママは汗《あせ》をふいたハンカチをエプロンのポケットにしまうと、加熱《かねつ》ランプの下であたためていた衣《ころも》つきのタラをひっくり返した。

「どんな人がとなりに引っ越《こ》してくるかなんて、きてみないとわからないでしょ。それが、みなさん、とってもいい人で。今朝《けさ》も、リカのお母さん、わざわざサモサをとどけてくれたのよ。とってもおいしかったわ。お店で売ってるのよりずっとね」

「うちのママ、おばさんのことが好《す》きなのよ。だれにでも渡《わた》すわけじゃないんだよ」

リカは、ソーセージがゆっくり回転するようすをめずらしそうに見つめていった。

「この暑い中、毎日ダンス教室まで送り迎《むか》えしなくてよくなったからかもね。このお店も、金曜の夜だっていうのに、ぜんぜんお客さんがこないの。たしかにこう暑くちゃ、揚《あ》げ物なんて食べる気にならないわよね」ママがいった。

「みんな、公園でおすしを食べてるわ」と、ソフィ。

「あたし、おすし大好《だいす》き」リカがいった。

それも、ぼくとおんなじだ！　リカとは本当に気が合うなあ。

「じゃあ今度、リカが食べるときに、いっしょにごちそうになろうかな」

ソフィがそういって店の冷蔵庫《れいぞうこ》から冷《ひ》えた水を一本取り出すと、ママがいった。

「仕事、五時に終わるから、残《のこ》り物、持って帰るわね。それまで待てそう？」

「ふたりとも、待てるわよね？」ソフィがぼくらにたずね、ママに水代を手渡《てわた》した。

やったあ。この分だと、今日の夕食はリカもいっしょだ！

11　リカの秘密《ひみつ》

店を出ると、リカはバッグをぼくに預《あず》け、ぼくの家で夕飯《ゆうはん》を食べていいか聞きに家に走って帰った。

しばらくしてぼくの家にやってきたリカは、「いいってさ！」と元気いっぱいに報告《ほうこく》した。パッチはリカに会えて大喜《おおよろこ》びだ。

リカは犬用のブラシを借《か》りると、パッチの毛玉を取りはじめた。毛をすいてもらって、幸せそうに目をとろんとさせるパッチ。ブラシについた毛を取るたび、茶色いふわふわの山が大きくなっていく。

ぼくはリカたちとぶつからないよう、少し離《はな》れたところでせっせとドミノを並《なら》べた。

「今日《きょう》のレッスンは、昨日《きのう》より楽しかったね」

リカの言葉に、ぼくはうなずいた。

「昨日《きのう》は、あのティファニーって子、ぜんぜん踊《おど》れなくて、大変《たいへん》そうだったよね」

パッチが「クウン」と犬っぽいため息をつく。まるでリカの一言ひとことに、「ごもっとも」っていってるみたいだ。リカは、ドッグ・ガールになるのが夢《ゆめ》っていってたけど、今すぐにだってなれそうだ。その忠犬《ちゅうけん》第一号はパッチだ。

「あの子たち、みんなレイクサイド小学校の子？　同じクラスなの？」

ぼくはまたうなずいた。

「レオには、あんまりいい感じじゃないね。お母《かあ》さんたちも」リカがぼそりという。

ぼくはリカの方は見ず、たんたんとドミノを並《なら》べた。

「あれって、レオがしゃべらないせい？」

ぼくは思わずリカをにらんだ。あの手紙を読んでおいて、それはないだろ？　ぼくがいちばん傷《きず》つくこと、いってほしくないことだってわかるはずだ。太字で、しかも線まで引いたのに。**しゃべりたいけど、しゃべれないんだ**って。

リカが、しまったって顔をした。どうフォローしたものか考えている。

と、リカがブラシを置《お》き、ぼくに向き直った。パッチは、ブラッシングが終わってしまったので、仕方なく横向きになった。ところがその拍子《ひょうし》に鼻先が毛の山に触《ふ》れ、たちまちコメディみたいに、くしゃみを連発《れんぱつ》。おかげで、はりつめた空気もほどけた。

リカはパッチをなだめるように、頭をやさしくなでながら静《しず》かにいった。

「手紙のこと、本当は秘密《ひみつ》にしておきたかったんだけど、そうもいかないね……」

思いつめたような、複雑《ふくざつ》な表情《ひょうじょう》――。おびえているようにさえ見える。

ぼくはドミノを並《なら》べていた手をとめ、リカをじっと見た。リカは、パッチをなでるのをやめ、バッグを持ってきた。そして中身をさぐったかと思うと、ぼくの手紙を取り出した。まだ入れたままだったんだ。いったいどういうこと？

「レオの場合、しゃべれないってこと、みんな会ってすぐにわかる」

リカは声をひそめていうと、手紙を持ったまま、ずんずんそばにすり寄《よ》ってきた。

「だから、かくしておけない。でも、あたしの場合はちがう」

リカはからだがくっつきそうなぐらいそばまでくると、ぼくをじっと見た。顔を動かしたら、鼻と鼻がくっつきそうだ。目の瞳孔《どうこう》近くにある茶色の点々《てんてん》まで見える。

「あたし、だれにもいえない秘密《ひみつ》があるの」リカはそこでいったん口をつぐんだ。

えっ？　リカに秘密《ひみつ》？　いったいなんだろう？　ぼくは知りたくてたまらなかった。

「レオはべつよ。レオにはちゃんと話すね」

大事な瞬間《しゅんかん》を前に、緊張《きんちょう》で息ができない。

「レオにはいえる。だって、レオはしゃべらないもん。だれにもいわないよね？」

うなずくぼく。

「もう、だれかにいわずにはいられない。だまってると苦しくてたまらないから」

リカが、ひざの上で手紙をゆっくりと開いていく。そのようすを、ぼくはまるで夢《ゆめ》の中にいるみたいにぼんやり見つめた。とうとうリカがぼそりといった。

「あたし、字が読めないの」

リカの目が、ぼくの書いた字を、ぼくが伝《つた》えたかった言葉をじっと見つめる。

「読めないし、書けないの」

リカが顔を上げ、ぼくを見た。ぼくもリカを見た。その目をまじまじと見つめた。

リカは自分のことをはじていた。その目を、その表情《ひょうじょう》を見ればわかった。ぼくもしゃべれないことで、同じ思いをしているから。リカの全身から、はずかしさがにじみ出ていた。リカはくちびるを震《ふる》わせながらいった。

「学校では読めるフリをしてるし、家で勉強を見てくれる人もいないから、気づいてる人はいない。でも、ほんとは読めないし、フリをするのもだんだんむずかしくなってきて……。読めないことが、もしだれかにバレたらって思うと、こわくて、不安《ふあん》で……。あたし、もう、どうしていいか、わからない」

リカが大きくしゃくりあげる。

ぼくは、こういってあげたかった。「だいじょうぶだよ。このことは、だれにもいわないし、ぼくにはなんでも話して」って。

リカが深呼吸《しんこきゅう》した。どこから話をはじめようか、考えているんだろう。

リカが今の今まで、読み書きできないことをかくしておけたことが、ぼくには信《しん》じられなかった。こんな大きな秘密《ひみつ》を、ずっとひとりで抱《かか》えていたなんて……。

リカは心が決まると、これまでのことをぜんぶ語りはじめた。

「引っ越《こ》しが多かったってことは話したよね？」

ぼくは、話の先をうながすようにうなずいた。

「転校もしょっちゅうだったから、友だちや先生が、なんとなく気づきはじめるころには、もう新しい学校に転校してたの」

リカはそこでいったん言葉を切り、考えこむようなしぐさをした。

「パパは、あたしと同じイギリス生まれでシェフィールド出身だけど、いつも仕事とか出張《しゅっちょう》で家にいなくて……。まさかあたしが読み書きできないなんて、これっぽっちも思っていない。読めるフリしてると、なんかパパをだましてるみたいで、あたし、すごくつらい……」

リカがぼくを見つめる。大きな目で、じっと食い入るように。

「ママは、インドのグジャラート州にあるスーラトの近くの小さな村で生まれ育ったんだ。だから、英語《えいご》は苦手で、話さなきゃいけないときは、あたしが頼《たよ》り。ママも、だんだんしゃべれるようになってはきてるけど、読み書きは教えられないし、だいたいあたしが読み書きできないなんて思ってもいなくて……」

リカの目に、ぶわっとなみだがあふれる。リカはあわてて言葉をつないだ。

「なんで、あたしだけ読み書きできないままなのかわかんないけど、みんなについていけなくてすごくつらい。わからなくても、わかったフリばっかりしてたら、フリだけが得意《とくい》になっちゃって……。今じゃそのギャップが大きくなりすぎちゃって、なんとかしようっていう気も起こらない」

リカの目はなみだでいっぱいで、とうとう左目からひとつぶこぼれた。そのなみだがほおを伝《つた》うのを、ぼくはじっと見つめた。

「学校がはじまるのが、こわくてたまらない」リカは手紙を取り上げ、ぼくの前でふりながらいった。「これ、ただの波線にしか見えない。ぜんぜんわからないの」

あまりの打ちひしがれように、気づくとぼくはリカにうでを回していた。よりかかるリカ。あいだにはさまれ、手紙がくしゃっとなる。リカは泣《な》いて、泣《な》いて、泣《な》きまくった。きゃしゃなからだが震《ふる》えるたび、今にもこわれてしまいそうな気がした。

あれほど強いと思っていたリカ。無敵《むてき》だと思っていたリカ――。ぼくはリカの秘密《ひみつ》を知って、ますますリカのことが好《す》きになった。こんなに大きな秘密《ひみつ》を、だれにも知られずにきたただなんて。やっぱり、リカはすごいや。

あのこわいもの知らずのリカ。ぼくの家の庭にゆうゆうと入ってきて、パッチの名前をいい当てたリカ。はじめてのダンス教室でも、落ち着きはらってくつをはきかえていたリカ。スカーレットやマリアム、ティファニーたちと練習するのを断《ことわ》ったリカ。あの大胆《だいたん》で自信《じしん》に満《み》ちた態度《たいど》の裏《うら》で、こんな深刻《しんこく》な秘密《ひみつ》を抱《かか》えていたなんて……。

ティファニーが、サッカーはできるけどダンスはできないみたいに、リカはなんでもできて、なんでもいえるのに、読み書きだけはできない——。

なにもかもできる人間なんていない。だれだって完璧《かんぺき》なんかじゃないんだ。

いいかげん放っておかれるのにうんざりしたパッチが、ぼくとリカのあいだに頭をつっこみ、しっぽをふった。パッチはさらに割《わ》りこんできて、あいだでくしゃっとなっていた手紙が落ちた。結局《けっきょく》、パッチはぼくとリカを引き離《はな》し、リカは泣《な》くのをやめて笑《わら》いだした。思いっきり泣《な》いたあとの、あのからっとした笑《わら》いだ。

リカがなみだをぬぐっていった。

「ああ、すっきりした。おかげで楽になったよ、ありがとう。レオみたいな聞き上手《じょうず》はいないね」

ぼくらは床《ゆか》にある手紙を見た。なみだでインクがにじみ、字と字がつながってる。
これじゃリカだけじゃなく、だれにも読めない。プロの鑑識官《かんしきかん》だって苦戦《くせん》しそうだ。

12　ぴったりの絵本

リカの秘密《ひみつ》を知ってると思うと、なんだか自分が特別《とくべつ》になった気がしたし、日がたつにつれて、ぼくとリカはますます打ちとけていった。

リカは今ではすっかりぼくに気を許《ゆる》し、もうとりあえずの友だちなんかじゃなくなっていた。まさかぼくに友だちができるなんて、リカがぼくの友だちだなんて信《しん》じられなかった。

リカは、秘密《ひみつ》のことを二度と口にしなかった。ふたりでダンスをし、トランポリンで遊び、夜、パッチの散歩《さんぽ》に出かけ、『ギャグル・ギャングズ』のビデオを見た。そのあいだも、ぼくの頭にはずっとあの秘密《ひみつ》のことがあって、どうしたらリカの力になれるだろうかと考えた。

今ではふつうにリカと目を合わせることができた。これは、すごいことだ。ふだんのぼくは、人の足元を見ていることが多い。冬のあいだはまだいいけど、こう暑いと、みんなはだしになる。指がぱんぱんにふくらんでいたり、毛むくじゃらだったり、とにかく見た目が悪い。目みたいにこわくないのが、せめてもの救《すく》いだ。

ダンス教室へは、ソフィかダニーがいつも送り迎《むか》えをしてくれた。今のところ、ティファニーがもどってくるようすはないけど、スカーレットとマリアムはあいかわらずねばっていて、ぼくらはたがいに、できるだけ近づかないようにしていた。

ぼくは今では、リカになにを聞かれても、うなずくか首をふるかで答えられるようになっていたし、リカも、ぼくがイエスかノーで答えられる聞き方をしてくれた。

レッスンが終わると、リカがぼくの家にくるのが日課《にっか》になった。

今日《きょう》は、ぼくが冷凍庫《れいとうこ》からアイスバーを出すあいだ、リカはキッチンの本棚《ほんだな》を見て回っていた。

アイスを見せ、リカが何味を選《えら》ぶか見てたら、思ったとおり青色を指さした。

ぼくはにっこりして、リカにバブルガム味の青色のバーを手渡《てわた》し、自分用にストロベリー味の赤いバーを取り出した。するとリカがいった。

「レオはストロベリー味が好《す》きなんだろうって思ってたよ」

なんでか聞きたいなと思ってたら、リカが自分からいった。

「レオがよく着る、あの白いTシャツ。ほら、『ギャグル・ギャングズ』のレグジーの絵が入っているシャツね、胸《むね》のところに大きな赤いシミがあるじゃない？　あれ、アイスバーをこぼしたときのシミだと思ったの。あたしね、もしドッグ・ガールになれなかったら、犯罪捜査官《はんざいそうさかん》になろうと思ってるんだ」

正解《せいかい》。あのシミは、アイスバーをこぼしたときのものだ。

ぼくが、リカは青色を選《えら》ぶだろうって思ったのに理由はない。ただのカン。でも、カンが当たるってことは、ぼくらが親しい友だちだってことのなによりの証《あかし》だよね。

リカはアイスバーを手に、本棚《ほんだな》の方へもどっていった。本棚《ほんだな》は、最近《さいきん》みがいたばかりで、ワックスのいいにおいがする。

「ずいぶんたくさん本を持ってるのね」リカがいった。

ぼくはうなずき、リカと並《なら》んでアイスバーを食べながら、題名に目を走らせた。

「これぜんぶ、レオが読むの？」

うなずくぼく。

「家の人は？　ダニーとかは読まないの？」

ぼくは首を横にふった。ダニーが読むのは、筋肉《きんにく》ムキムキになれる方法《ほうほう》がのってる雑誌《ざっし》だけ。ダニーはフィットネスクラブでインストラクターのバイトをしている。

ぼくとダニーは寝室《しんしつ》がいっしょで、ダニーが鏡《かがみ》の前で筋肉《きんにく》をきたえ、その筋肉《きんにく》にキスしては「おれのかわいいベイビー」って呼《よ》ぶのをいつも見ている。

「お母《かあ》さんの本はないの？」

ぼくはまた首をふった。ママは、図書館や友だちから借《か》りることはあるけど、本を持ってはいない。「トイレに行くひまもないのに、本が読める？」ってことらしい。

ママが好《す》きなのは歌うこと。レコードプレーヤーを持っていて、家にはいつもレコードがかかってる。ママが歌い、ぼくとダニーが踊《おど》るんだ。

「じゃあ、ソフィのは？」

ぼくはうなずいた。ソフィはたくさん本を持ってるけど、ぜんぶ物理学の本だ。宇《う》宙《ちゅう》に関《かん》する本だけで本棚《ほんだな》ひとつ分はあるけど、ソフィが本当に好《す》きなのは力学。だからリカの、回転ドアで竜巻《たつまき》を起こすって話にひかれたんだ。

ソフィのあこがれの物理学者の伝記《でんき》、『リーゼ・マイトナーの生い立ち』の背表紙《せびょうし》を指でなぞりながら、リカが聞いた。

「かんたんな本ってない？」

ぼくは待ってましたとばかりにうなずき、リカについてくるよう、うながした。

ぼくとダニーの寝室《しんしつ》の壁《かべ》には、棚《たな》が三段《だん》作りつけてあって、下の二段《だん》には本がぎっしりつまってる。その半分くらいは絵本だ。

レイクサイド小学校では、本はレベル別《べつ》に色わけされていて、読む力がつくにつれて、難易度《なんいど》の高い本に進める。どの子も紫《むらさき》や黄色の本を早く卒業《そつぎょう》して、銀や金のレベルに入りたいって思っているけど、ぼくはべつ。

ぼくが、いちばん上の金のレベルに到達《とうたつ》したのは三年生のとき。かんもく症《しょう》があるから声に出しては読めないけど、読書レベルは内容理解度《ないようりかいど》で測《はか》ってもらえる。

だから今では、字が小さくて難《むずか》しい、ぶあつめの本を借《か》りることもあれば、字が大きくて、色とりどりのさし絵の入った、やさしめの絵本を手にすることもある。

読書って、先に進む一方じゃないと思う。水泳といっしょで、深いところで泳げるようになってからでも、浅瀬《あさせ》でバシャバシャやりたくなるものなんだ。

本棚《ほんだな》の本を手に取って見ていたら、リカにおすすめの本を見つけた。

ソフィがいうには、人にはみんな、読書にはまるきっかけになる本があるんだって。だいたいの人が覚《おぼ》えていないものらしいけど、ぼくは覚《おぼ》えてる。『ブロンコ』っていう、子馬が主人公のお話だ。

ブロンコは、ほかの馬たちがとんだりはねたり、追いかけっこしたりして楽しむなか、ひとり静《しず》かに草をはんだり、考えごとをしているのが好《す》きな馬だ。

リカは、ブロンコの絵の入った表紙をじっと見つめたあと、本を手にした。

『ブロンコ』は、かなり前に作られた古い絵本だ。字が大きくて、白黒のさし絵が入っている。ところどころむずかしい言葉も出てくるけど、話はすごくシンプルだ。

この本は、ぼくがまだ小さかったころ、ソフィが本のチャリティ・ショップで見つけてきてくれた。お店の人の話では、はるばるアメリカからきた、とてもめずらしい本らしい。

字のページと絵のページが左と右にわかれていて、ぼくはソフィに読んでもらいながら、その字を目でたどった。子どもはふつう、こうして読むことを覚《おぼ》える。

リカがページをめくった。

ぼくらはほかの子たちとちがって、リカはぼくに「読んで」とは頼《たの》めないし、かといって自分で読むこともできない。そこで、パッチもまじえて並《なら》んで座《すわ》り、だまって『ブロンコ』のページをめくっては絵をながめた。

だいたいの人は、しんとしていると気づまりになって、なにかしゃべろうとする。でも、ぼくはちがう。沈黙《ちんもく》には包《つつ》みこむような優《やさ》しさがあって、まるで空気に抱《だ》かれているような気分になれる。

おなじみの文章を頭の中で読み返しながら、この本をリカに読み聞かせる方法《ほうほう》はないだろうかと考えた。

なんとかしてリカの力になりたい。リカがこれまでしてくれたことぜんぶに、お返しがしたい。なにかいい方法《ほうほう》が思いつくといいんだけど——。

13　ペアを組む!?

金曜日、リカと知り合って、ほぼ二週間がたった。三週間の夏期レッスンも、半分以上《いじょう》が終わったことになる。
今日《きょう》はダニーが送っていく日で、リカはおしゃべりでぼくらを笑《わら》わせていた。
今朝《けさ》は、大型《おおがた》バスは通らなかったけど、かわりに女の人が、ふたり乗り用のベビーカーを押《お》しながら走ってきた。歩道を踏《ふ》みしめるキュッキュッという音と、女の人のハァハァという息づかい、このふたつが合わさって、規則正《きそくただ》しいリズムをきざむ。
女の人はジョギングのスタイルで、耳に白いイヤホンをつけている。ベビーカーの子どもは、ひとりはまだ赤ちゃんで、もうひとりは二歳《さい》ぐらい。母親にもっとはやくと急かすように、バーにからだを押《お》しつけている。あの子もきっと、この暑さにはうんざりで、風を切ってびゅんびゅん進みたいんだろうな。

「あら、ダニー」

女の人が、すれちがいざま声をかけてきた。イヤホンを片《かた》っぽ外して、ダニーに手をふる。

「やあ、ジェニン」と、ダニー。

「ウェイトトレーニングは二時からよね？」

ジェニンと呼《よ》ばれた女の人が、ふり返りながらたずねる。

「ああ。じゃあ、またそのときに」

ダニーはそう答えると、さっとスマホを取り出した。

「まずい、すっかり忘《わす》れてた」立ちどまってスマホのボイスメモを開くダニー。

「なに、それ？」リカがのぞきこみながらたずねる。

「ああ、このアプリ？　これで声を録音《ろくおん》しておくと、必要《ひつよう》なときに聞き返せるんだ」

ダニーはそういうと、こうやるんだよ、とぼくらに見せながら、そのアプリにジェニンとの予約《よやく》時間を録音《ろくおん》し、保存《ほぞん》した。

「それは？」リカが画面を指さしてたずねる。

「録音《ろくおん》したもののリストさ。それぞれ名前をつけて、なにを録音《ろくおん》したものか、わかるようにしてるんだ。見てみる？」ダニーが画面をリカに見せる。

「字がちっちゃすぎて読めないんだけど。なんて書いてあるの？」

そのさりげない聞き方に、ぼくは感心した。リカはこれまでずっと、こうやって乗り切ってきたんだ。

リカが指さしたものを見て、ダニーは笑《わら》った。

「おっと、こいつは十一歳《さい》の子には聞かせらんねえな。かわりにこっちはどうだ？」

ダニーが再生《さいせい》ボタンを押《お》すと、むっとするような朝の空気の中に、フィットネスジムのがやがやした音が広がった。バックには音楽が小さく流れていて、ランニングマシンの規則正《きそくただ》しい音が聞こえる。はげしい息づかいや、ふんばったり、うめいたりする声も入っている。

と、ダニーの声がぐわんと大きく響《ひび》き、ほかの音をかき消した。ダニーの生徒《せいと》のひとり、ダークっていう男の人に、その日のトレーニングメニューを説明《せつめい》している。

そのときだ。ぼくの頭に、あるアイデアが浮《う》かんだんだ。

そうか、これを使えば、リカの力になれるかも！　ただし、スマホが手に入ればの話だけど――。

夏期レッスンの最初《さいしょ》の日に、ティファニーたちがスマホで自撮《じど》りしていた姿《すがた》が目に浮《う》かぶ。ああ、ぼくにもスマホがあったらいいのに。

録音《ろくおん》の中でダニーが、「つぎは、バーピー」っていうのを聞いて、リカがけらけら笑《わら》った。

「バーピー（げっぷ）だって」

「このバーピーってトレーニング、けっこうきついんだぜ」

ダニーはまじめくさった顔でそういうと、停止《ていし》ボタンを押《お》した。リカがいった。

「アーハンのも、けっこうきついよ。パコラ（インド風の天ぷら）を食べたあとのは、特《とく》にくっさいんだから」

＊

その日のレッスンでは、ウォーミングアップのあと、フェリシティから電撃《でんげき》発表があった。

「最後《さいご》の日の発表だけど、今年《ことし》は全員で踊《おど》るんじゃなくて、一人ひとりが注目されるようにしたいの」ねじった髪《かみ》を水色のクリップでとめ、フェリシティがつづける。

「ソロで踊《おど》ってもいいし、ペアやグループでもいいわ。好《す》きなスタイルを選《えら》んでね」

リカが鏡越《かがみご》しにぼくを見てにんまりした。

え、まさか……。ぼくがかんもく症《しょう》で、大勢《おおぜい》の前だと動けなくなるってこと、まだわからないの？

「曲選《えら》びも任《まか》せるから、この二週間で習ったステップを使った、短いダンスを作ってほしいの。来週のレッスンはぜんぶその練習にあてて、金曜日に発表ね」

さっと手が上がる。

「どうぞ、マリアム」

「見にくる人はいるんですか？」

「もちろんよ。それもご両親や保護者《ほごしゃ》の方だけじゃないわよ。っていうのも――あ、効果音《こうかおん》をお願《ねが》い、アントン」

タップダンスシューズをはいたアントンが、木の床《ゆか》の上でタタタタッとすばやくステップを踏《ふ》む。

「ジャーン！　じつは、図書館の劇場《げきじょう》を借《か》りられることになったの。しかも無料《むりょう》で！」

ステップの音がやみ、かわりにどよめきが広がる。それも静《しず》まると、フェリシティはつづけた。

「チラシやポスターも作って配るわよ。もちろん、SNS《エスエヌエス》にものせるけど、みんなも、できるだけたくさんの人に宣伝《せんでん》してね。大勢《おおぜい》の人の前で踊《おど》るのって最高《さいこう》よ。ほんと、ぞくぞくしちゃう。あとね、いちばん大きな拍手《はくしゅ》をもらえた個人《こじん》やグループには、最《さい》優秀賞《ゆうしゅうしょう》として、ダンスショップ〈Get Dancing《ゲットダンシング》〉で使える商品券《しょうひんけん》をプレゼントしちゃうわよ」

「レオのみたいな、ダンスシューズが買えるかも！」

リカがうきうきと声をはずませる。だめだ、ぼくがたくさんの人の前だと動けなくなるってこと、完全《かんぜん》に頭からぬけてる。でも、それをわからせる方法《ほうほう》がない。

「ちょうどいいわ。これからちょっと時間をとるから、いっしょにやりたい相手と話し合ってみて。そのあとまたレッスンにもどって、新しいステップをいくつか練習しましょ。じゃあ、はじめて」

いっせいに移動《いどう》がはじまった。みんな相手を求《もと》めてかけ回り、てきぱき話をつけていく。学校とおんなじだ。自由に組めるとなると、男子も女子も、人気があってはきはきものをいう子が、できる子を自分のグループへ引っぱりこもうとする。

リカがぼくの両手を取り、待ってましたとばかりにいった。

「自分でいうのもなんだけど、あたしたちふたりがこの中でいちばんうまいって。あっさり優勝《ゆうしょう》できちゃうよ」

リカは手をたたくと、興奮《こうふん》して一気にいった。

「ふたりで、だれにもまねできない、みんながびっくりするようなダンスを踊《おど》るの！　練習する時間はたっぷりあるし。そうだ、社交ダンスみたいな、クラッシックなのはどうかな。タンゴとか。それとも、もっと今っぽいのがいい？　ワルツを踊《おど》ったら、レオのお母《かあ》さんは感動しそうだけど、ほかの人はどうかな？　拍手《はくしゅ》をいっぱいもらえないと、商品券《しょうひんけん》もゲットできないし――」

「はあい、リカ。はい、レオ」

マリアムとスカーレットが、いつのまにかそこにいた。おそろいのヘアークリップのむらさき色が、初日《しょにち》より色あせて見える。……なんかいやな予感。

「ねえ、ふたりとも、いっしょにやらない？」スカーレットがいった。

ふたりとも、っていったけど、その目はリカしか見ていない。

「えっと……」

リカが横目でちらっとぼくを見たので、ぼくはうつむいた。マリアムとスカーレットの足のつめには、明るいピンク色のペディキュアがぬられている。きっとおたがいの足にぬり合ったんだろうな。親友同士《どうし》でよくやるみたいに。

「えっと……レオとペアを組もうと思ってたとこなんだけど……」

リカの声がしりすぼみになる。ペアっていっても、ぼくがあまりあてにできないことぐらい、手紙を読んでなくたってわかるんだろう。

「でも、もし本番、レオが踊《おど》らなかったら？」マリアムがさらりといってのけた。

みんなの視線《しせん》がさっとぼくに集まる。

まるで動物園の見世物にでもなった気分だ。気まずい沈黙《ちんもく》がつづき、からだがかあっと熱《あつ》くなる。

スカーレットのお母さんがつけていたきつい香水《こうすい》のにおいが、つんと鼻をついた。触《ふ》れたときにスカーレットにもついたんだろう。

「四人で練習しておけば、本番、レオが出ないってことになっても、三人で踊《おど》れるでしょ」スカーレットはそういって、マリアム、リカ、自分を順番《じゅんばん》に指さした。

「でも、ペア用のふりつけで、もしレオが踊《おど》らないってときに、ひとりで踊《おど》れる？」

ぼくは、「出ない」んじゃなくて「出られない」んだ。まるで好《す》きでそうしているみたいないい方をされてむっとしたけど、スカーレットのいうことにも一理ある。

あのふたりといっしょにやるのは気が進まないけど、かといって、ぼくがいないと踊《おど》れないようなダンスを練習したって仕方がない。はっきりいって、ぼくが本番に出られることはない。なのに、リカはそのことを忘《わす》れてしまっている、というか、理解《りかい》できてないのかも。リカもいいかげん、わかってくれたらいいのに――。

「踊《おど》れるかもよ」

リカがすっとあごを上げたのがわかった。

「ダンス次第ではね。それに、レオはこのクラスで、ダントツでダンスがうまいんだから。もしレオが、いつか〈ライオンキング〉に出たいって思ってるなら、どこかで初舞台《はつぶたい》を踏《ふ》まなきゃ。ね、そうでしょ？」

ぼくは、はっと顔を上げた。〈ライオンキング〉に出たいってこと、なんで知ってるんだ？　たしかに手紙には書いたけど、リカはその手紙を読んでないし……。

スカーレットとマリアムは笑《わら》いをおしころしている。

「なにがおかしいの？　あたし、レオならできるって信《しん》じてるよ」

リカの言葉に、マリアムがぼくの方を見た。ぼくはまたうつむき、マリアムの足元を見つめた。マリアムがいった。

「意地悪でいってるんじゃないのよ。ただ、レオは、その……ものすごーくシャイでしょ。たとえダンスがうまくたって、人前ではぜったいに踊《おど》らないよ」

今のいい方も訂正《ていせい》したかった。ぼくはシャイなんじゃなくて、かんもく症《しょう》なんだって。でもいえない。

「レオは毎日、みんなの前でちゃんと踊《おど》ってるよ」

リカが反論《はんろん》すると、今度はスカーレットが口をはさんだ。

「でも、親たちが迎《むか》えにきたときはどう？ ぜったいに踊《おど》らないでしょ」

これにはリカも返す言葉がない。

ぼくは複雑《ふくざつ》な気持ちだった。——なんだよ、みんなして、まるでぼくがここにいないみたいに、いいたい放題いってくれちゃってさ。でも、リカは、ぼくのことを信《しん》じてるっていってくれた。ぼくならできるって——。

ただ、現実《げんじつ》はそうじゃない。リカもそれをわかってくれなきゃ。ああ、今ここで地面がぱっくり開いて、ぼくを丸ごと飲みこんでくれたらいいのに……。でも、そう思ったとたん、そんなことを思う自分がみじめでたまらなくなった。

ぼくはマリアムたちのピンク色のつま先を見つめながら自分にいい聞かせた。これはいつものやつだ。そう、かんもく症《しょう》に試《ため》されてるだけ。じきに終わるって——。

「とりあえず、考えといて。行こう、スカーレット」

マリアムはそういうと、自分たちのベンチの方へと引きあげ、ぼくとリカは遠ざかるふたりの背中《せなか》を見つめた。

リカがぼくのうでをぎゅっとつかんでいった。

「あのふたりとは踊《おど》らない。あたしとふたりでがんばろう。レオならできるよ。〈ライオンキング〉の舞台《ぶたい》に立つって夢《ゆめ》、ダニーとソフィから聞いたんだ。ねえ、こう考えてみて。この発表はウエストエンドの舞台《ぶたい》に立つための第一歩だって。商品券《しょうひんけん》がほしくていってるんじゃないよ。あたし、ちゃんとした舞台《ぶたい》で、お客さんたちの前で、レオと踊《おど》りたいんだ。それがかなうなら、なんにもいらない。ねえ、まだまるまる一週間あるんだし、練習しながら考えてみてよ。あたしたち、友だちだもん。がんばってくれるよね」

14　ひらめいた！

その日の夕方、スマホで朗読《ろうどく》を録音《ろくおん》するっていうアイデアのことを考えながら、トランポリンをしていたら、フェンスの向こうにリカの頭がひょっこり現《あらわ》れ、また消えた。はじめて会った日みたいに。

「はあい、レオ」

リカはそれきりだまっていたけど、四回目のジャンプで、こらえきれずに聞いた。

「ねえ、もう、なに踊《おど》るか決めた？」

ぼくは首をふった。リカはあのあとも、ダンスのアイデアをつぎつぎに出してきた。でも、選択肢《せんたくし》が多すぎて、曲どころか、ダンスのジャンルすら決まらなかった。

「サルサは、どう？」つぎにフェンスの上に顔が出たとき、リカがたずねた。

ぼくは肩《かた》をすくめた。このしぐさは、「うなずく」、「首をふる」に加《くわ》えて、最近《さいきん》新しくレパートリーに加《くわ》わった返事。イエスでもノーでもないときに使う。

「ジャズは？」

ぼくは、ジャンプしたタイミングで、ジャズハンド（手を広げて小刻《こきざ》みにひらひら動かすポーズ）をし、渋《しぶ》い顔をして見せた。リカが笑《わら》う。

「メレンゲ（中南米生まれのダンス音楽で、カーニバルや行進などに使われる）は？」

今度はうなずく。陽気なリズムに合わせて踊《おど》るメレンゲは、ぼくのお気に入りのひとつだ。あのツイストする感じがたまらない。考えただけでついついからだが動き出す。

発表会本番には出られないってわかってるけど、ふりつけを決めたり、ママのレコードから曲を選《えら》んだり、こういう準備《じゅんび》の一つひとつはすごく楽しい。ぼくのこういう気持ち、リカならきっとわかってくれると思う。

それに、お客さんたちの前では無理《むり》でも、家族の前でだったら踊《おど》れる。リカもそれで納得《なっとく》してくれるんじゃないかな。リカがほしがってるダンスシューズだって、おこづかいをためて買うとか、クリスマスプレゼントにもらうことだってできる。

この暑さの中、クリスマスのことを考えるなんて、変《へん》な感じだけど。

「やっぱだめ。メレンゲなんてたいくつ」

リカにしたら、いろんなことがたいくつに思えるんだろうな。

「そうだ、ストリートダンスは？　ヒップホップとか？」

ぼくは首をふった。ストリートダンスは、レッスンで習ってない。

「こうなったら、やっぱ、ジャイブ〈テンポのはやいジャズなどに合わせて踊《おど》るダンス〉よ！　この夏期レッスンの名前も〈レッツ・ジャイブ〉だし。きっと特大《とくだい》の拍手《はくしゅ》がもらえるって」

ぼくがいちばんやりたいのは、ディスコだ。発表会うんぬんはべつにして、ディスコは踊《おど》っていていちばん楽しいし、音楽もいい。アース・ウィンド・アンド・ファイアーの歌なんて最高《さいこう》だ。ママがレコードを持ってるけど、衣装《いしょう》だってカッコいい。週《しゅう》末《まつ》から練習をはじめたら、レッスンでみんなをリードできるぞ。この暑さだけどかまうもんか。

このアイデアをリカにも伝《つた》えようと、ぼくはジャンプしたタイミングで、ディスコの動きをして見せた。まずは、両うでを、糸を巻《ま》くようにくるくる回す、エッグビーター。これを二、三回くり返したところで、リカもまねをしはじめた。

おつぎは、ヒッチハイクダンス。うなずくように頭を上下させながら、その動きに合わせて、立てた親指を肩《かた》のところでふる。リカが、またまねをする。

「わかった！　ディスコね！」リカはそういうと、片《かた》うでをなななめ前に出し、おしりを反対側《はんたいがわ》につき出す、あのジョン・トラボルタの有名な動きをやってみせた。今度はぼくがまねをする。

さらにいろんなディスコの動きをふたりでやってみる。すっごく、楽しい！

そのときダニーが庭に出てきた。おろしたての、ぱりっとした水色のシャツに真っ白なくつをはいている。あまりの白さに、サングラスがほしいぐらい。

「ライオン、ちょっと出かけてくるからな」ダニーがスマホから顔を上げずにいう。

「なに、このにおい？」リカがおおげさにいうと、ダニーが「ははっ」と笑《わら》った。

リカがそういうのも当然《とうぜん》だ。ふだんからダニーは香水《こうすい》をかけまくっていて、ちょうどアスファルトが熱《ねつ》を放つように、からだじゅうからにおいを放っている。

「ほんと、すっごいにおい。ここからだってにおうんだもん。ゴルパプディ（インドのお菓子《かし》）みたいな、あまーいにおいが」

「ほめられたってことかな」ダニーがいうと、リカが笑《わら》った。

「ああ、このスマホ、くそだな」ダニーが画面を指でこづきながらいう。

「新しいスマホに買いかえたら？」と、リカ。

「ご忠告《ちゅうこく》、ありがとよ」ダニーはスマホから顔を上げ、ぼくににっこり笑《わら》った。

そのときだ。ある名案《めいあん》がひらめいたんだ！

「きっと、これからデートね」ってリカがいったけど、ぼくはもう聞いてなかった。

リカ、いいところに気づいたよ。ダニーが新しいスマホを買って、古いのをぼくにくれたらいいんだ。そしたら、そのスマホで朗読《ろうどく》を録音《ろくおん》できる！

「うわ、くさっ」庭に出てきたソフィがダニーにいった。

「はっ、またほめられたよ。ありがとさん」と、ソフィに投げキッスするダニー。さらに、「みんな、先におねんねしてていいぞ」というと、ソフィがいい返した。

「そんなことといって、ぜったい十時前には帰ってくるって！　そのひどいにおいに、一時間以上《いじょう》たえられる女の子なんていないし」

「いいにおいだけどね」リカがバック転しながらいう。

「わたしは、犬のにおいをかいでる方がいいわ」と、ソフィ。「そうだ、犬っていえば、あと十分ぐらいでパッチと散歩《さんぽ》に出るけど、ふたりともいっしょにくる？」

「行く行く！」

リカがトランポリンから飛《と》び降《お》りる。リカはパッチとだったら、いつまでいたって、たいくつしないいんだろうな。

*

その日の真夜中、異常《いじょう》に暑くて目が覚《さ》めると、おなかの上でパッチが眠《ねむ》っていた。手足を大きく広げてぼくにおおいかぶさり、まるでくさくて熱《あつ》い毛布《もうふ》みたいだ。ぼくが下からぬけ出そうともぞもぞ動くと、パッチはようやく目を覚《さ》まして大きなあくびをし、ドッグフードのにおいがぷんぷんする息をぼくの顔にふきかけた。

「おい、パッチ、降《お》りろ」

ぼくがいうと、パッチは仕方なくのそのそと降《お》りはじめたけど、起こされたのが不《ふ》満《まん》なのか、うしろ足を片《かた》っぽ残《のこ》して、せめてもの抵抗《ていこう》を見せた。

部屋《へや》の中は真っ暗だった。

日ごろ、ギラギラ照《て》りつける太陽に慣《な》れているせいか、暗闇《くらやみ》が新鮮《しんせん》に映《うつ》る。

カーテンのすきまから月明かりがさしこみ、ベッドにうつぶせでぐっすり眠《ねむ》っているダニーを照《て》らし出している。ダニーが部屋に入ってきた音は聞こえなかった。ちらっと時計《とけい》を見ると、真夜中の三時を少し回ったところだった。

ベッドのはしから、ダニーの右うでがたれている。身につけているのは紺色《こんいろ》のパンツ一枚《まい》きりで、ウエストの白いゴムのまわりに〈アスリート〉の文字が入っている。ベッドのすぐわきではスマホが充電《じゅうでん》中で、ライトが小さく点滅《てんめつ》をくり返している。

——ぼくのものになるはずのスマホ。

そう思ったら、急に目がさえ、やる気がみなぎってきた。

いらなくなった紙にマーカーででっかく、ダニーあてのメッセージを書く。

「新しいスマホを買って、古いのは、ぼく（ライオン）にちょうだい」

その紙を、ダニーがベッドから降《お》りるあたりに置《お》くと、スマホを充電器《じゅうでんき》から外し、いくつか暗証番号《あんしょう》を試《ため》した。ロックが解除《かいじょ》されると、紙に書いたメッセージを写真に撮《と》り、スマホの壁紙《かべがみ》にもはりつけておいた。フラッシュが光ったけど、ダニーはぴくりともしなかった。

それがすむと、ぼくは『ブロンコ』の本とスマホを手に一階に降《お》りていった。このころにはパッチもすっかり目を覚《さ》まし、ぼくのあとをとことこついてきた。

キッチンはひんやりとしていた。風や雨の音もなく、しんと静《しず》まりかえっている。猛暑《もうしょ》のあいだは、人も夜行性《やこうせい》になった方がいいのかもしれない。あのうんざりするような暑さと息苦しさから解放《かいほう》されて、楽園にでもいるような気分だ。

牛乳《ぎゅうにゅう》をコップに注ぎ、テーブルの前にこしかける。それから『ブロンコ』の本を広げ、ダニーのスマホをオンにした。最後《さいご》に牛乳《ぎゅうにゅう》をたっぷり飲んでのどをうるおしたあと、ボイスメモの録音《ろくおん》ボタンを押《お》し、計画を実行に移《うつ》した。

15　ブロンコのものがたり

ダニーの帰宅《きたく》は、ソフィが予想した十時よりだいぶおそかったとみえて、翌朝ダニーはなかなか起きてこなかった。

でも、その方がぼくには好都合《こうつごう》だった。これで、夜中に録音《ろくおん》したボイスメモをリカに聞かせることができる。

リカは朝食がすむと、さっそくダンスの練習をしようと家にやってきた。

昨日《きのう》、パッチの散歩《さんぽ》のときに、曲は、ザ・トランプスの『ディスコ・インフェルノ』にしようと決めた。公園で歌いだしたソフィとリカに、パッチが興奮《こうふん》してワンワンほえはじめ、まるでいっしょに歌っているみたいですごくおかしかった。

「おはよう、レオ」

庭を軽やかにかけてくるリカのわきで、パッチがうれしそうにとびはねている。

「ねえ、ソフィは本当に、衣装《いしょう》作りを手伝《てつだ》ってくれるかな？」

ぼくはうなずき、家に入るよう手招《てまね》きした。たしかに昨日《きのう》、ソフィはリカにそういっていた。小声で話していたつもりだろうけど、ぼくにはぜんぶ聞こえていた。

「衣装《いしょう》は作ってあげるけど、もし本番レオが踊《おど》れなくても、怒《おこ》らないであげてね。たぶんレオは家族の前でしか踊《おど》れないから」ソフィの言葉にリカはうなずき、ふたりでぼくの方を見やった。ふたりが話すあいだ、ぼくはずっと聞こえていないふりをして、パッチにボールを投げてやっていた。

「家になにかあるの？」

キッチンに入ってきたリカはそうたずね、ぼくのとなりにこしかけた。

「それって、ダニーのスマホじゃないの？」

ぼくはうなずき、イヤホンと『ブロンコ』の絵本を見せた。

リカの見つめる前で、スマホの暗証《あんしょう》番号を入れると、すぐに昨夜《さくや》撮《と》ったメッセージの壁紙《かべがみ》が現《あらわ》れた。地味だけど、ひと目見ただけですぐ変更《へんこう》されたのがわかる壁紙《かべがみ》だ。

リカは、なんて書いてあるか読めないからだまっている。でも、ぼくがボイスメモのアプリを開こうとしているのを見ると、ぎょっとしていった。

「まさか、あれを聞かせるつもりじゃないよね？　その……」ダニーの口ぶりをまねてつづける。「……十一歳《さい》の子に聞かせらんねえ、っていう？」

ぼくは笑《わら》いながら首をふった。

よし、はじめるぞ。ぼくはイヤホンのプラグをスマホにさしこみ、片《かた》っぽを自分の右の耳につけ、もう片方《かたほう》をリカの左の耳につけるよう手ぶりでうながした。リカの準《じゅん》備《び》ができると、再生《さいせい》ボタンを押《お》して、夜中に録音《ろくおん》したものを流した。

できれば、自分の声は耳にしたくない。リカがいっしょに聞いているとなると、なおさらだ。でもほかに方法《ほうほう》がないからしょうがない。

たちまち不安《ふあん》が押《お》し寄《よ》せ、いつもの症状《しょうじょう》が現《あらわ》れる。胸《むね》の中で、まるでちょうちょがバタバタしているみたいで落ち着かず、心臓《しんぞう》の鼓動《こどう》がはやくなり、のどがしめつけられてくる。

リカがぼくの声を耳にするのは、これがはじめてだ。はずかしくてたまらないけど、リカのためにがんばらなきゃ。呼吸《こきゅう》に意識《いしき》を集中させ、気持ちを落ち着かせる。

しばらくして、ぼくの朗読《ろうどく》がはじまった。かぼそく、震《ふる》える声で――。

「ブロンコのものがたり。ダーレン・デイ作。ローリー・ドーソン絵」

ぼくの声が、ダニーのスマホからイヤホンを伝《つた》って、ぼくとリカの耳にとどく。その声に合わせ、黄色い表紙の題名を、ひと文字ずつ指でなぞっていく。

つづいて表紙を開く。またぼくの声が流れる。「走ることより、考えることが好《す》きな、子馬のものがたり」という本の前書きを、またひと文字ずつ指でなぞったあと、最初《さいしょ》のページを開いた。こうして目の前のことに集中していると、自然《しぜん》と気持ちが落ち着いてくる。だいぶ慣《な》れてきたし、なんとかこのままいけそうだぞ。

最初《さいしょ》のページの左すみには、出だしの「むかし」という文字が大きくのっている。

「むかし、テキサスというところに――」

朗読《ろうどく》では、一語一語ゆっくり読んだあと、リカがさし絵をながめられるよう間が取ってある。丘《おか》の上には高いビルが建《た》ち並《なら》び、ふもとの谷間に馬たちがいる絵だ。

つぎのページを開き、また聞こえてきた言葉を指でなぞる。

「ブロンコという名前の、子馬がいました」

さし絵には、一頭の子馬がほかの馬たちから離《はな》れて、のんびりと草を食《は》んでいるようすが描《えが》かれている。

リカが本から目を上げ、ぼくを見た。「すごい！」といわんばかりの、はちきれそうな笑顔《えがお》だ。リカは、早くつづきが聞きたくてたまらなそうに、本に目をもどした。

ぼくはつぎのページをめくった。

「同じ群《む》れの子馬たちは、とんだり、はねたり、かけまわったりしています」

こんな感じで、ぼくらは一語一語ゆっくりと読み進め、ついに最後《さいご》のページまできた。そこには、ブロンコがウィンクしている絵と、「おしまい」という文字があった。

朗読《ろうどく》が終わると、リカは目をキラキラさせてぼくを見た。そのうれしそうな笑顔《えがお》に、ぼくも思わず笑顔《えがお》になる。まさに笑顔《えがお》のキャッチボールだ。

でもいちばんうれしかったのは、リカの口からこのセリフを聞いたときだった。

「もう一回聞かせて」

リカは一時間かそこらで、『ブロンコ』の文章をすっかり覚《おぼ》えてしまった。

「いちばん気に入ったのは、『孤独《こどく》』とか、『ロデオ』って言葉かな」

リカはそういったけど、じっさいは、「おしり」って言葉の方がよく使いそうだ。

ダニーから借《か》りたスマホは、また充電器《じゅうでんき》につないでおいた。

寝室《しんしつ》に入ると、ダニーはまだ同じ姿勢《しせい》のまま眠《ねむ》っていた。むきだしの太ももをパッチがなめても、ぴくりともしないのを見て、リカがクスクス笑《わら》った。

*

昼までは図書館で過《す》ごすことにした。つきそい役のソフィは大喜《おおよろこ》びだ。

図書館は、ルートン市内でエアコンが入っている数少ない施設《しせつ》のひとつだ。ショッピングモールにも入ってるけど、ソフィにいわせると、ショッピングモールは、〈プラスチックのはきだめ〉なんだって。ぼくは大好《だいす》きだけどな。

ソフィは、ぼくとリカを児童書《じどうしょ》コーナーに連《つ》れて行くと、自分は勉強しに二階へ上がった。館内は新しい本のにおいと、洗《あら》いたてのカーペットのいいにおいがした。

リカが利用《りよう》カードを作りたいというと、親切な司書《ししょ》の人が、リカのかわりに必要《ひつよう》な情報《じょうほう》をすべてコンピュータに打ちこんでくれた。

カードができると、リカはぼくに、オーディオブックがないか聞いてきた。

もしダニーのスマホが手に入れば、オーディオブックをダウンロードできるアプリがあって、いくらでも借《か》りて読むことができる。でもとりあえずは、図書館にあるC《シー》D《ディー》つきの本を借《か》りて、リカのお父《とう》さんの古いCD《シーディー》プレーヤーで聞けばいいだろう。

リカは夢中《むちゅう》で読む練習をした。つぎからつぎへと本に目を通し、『ブロンコ』で覚《おぼ》えた言葉が出てくると、ほこらしげに声に出して読んでみせた。「年」、「お母《かあ》さん」、「わかる」、「静《しず》かに」、「叫《さけ》ぶ」などだ。

自分のアイデアがうまくいっているのを見て、なんだかくすぐったい気分だった。

こんなふうにだれかの役に立てたのははじめてで、すごくうれしかった。

16　リハーサル

あいにくダニーは、スマホをゆずってはくれなかった。かわりに、丸めたメモをぼくの頭に投げてよこした。広げてみると、「なかなかやるな」って書いてあった。

がっかりしたけど、とりあえずはCD《シーディー》つきの本で練習できる。リカは、「この方法《ほうほう》だとずっと楽に字を覚《おぼ》えられるよ」とうれしそうにいった。

そんなリカを見ていて、気づいたことがある。それは、リカがもっと前に読めるようになっていてもおかしくなかったってことだ。リカの読み書きの問題は、ぼくのかんもく症《しょう》と似《に》ている。できないかもっていう恐《おそ》れが、足かせになってるんだ。

リカは、みるみる字が読めるようになっていった。そのうち、もう読めるフリなんかしなくたって、ふつうに読めるようになるだろう。

ぼくがダンスの発表に出られないってなったとき、このことを思い出してくれたらいいんだけど。完璧《かんぺき》じゃなくても、いい友だちだとは思っていてほしかった。

ダンスのふりつけは、ふたりでトランポリンをしながら決めていった。定番の動きはすべてもりこんだ。ぼくのお気に入りはファンキーチキン（曲げたヒジをニワトリの羽のように上下させながら、足を閉《と》じたり開いたりするステップ）で、リカが好《す》きなのはグレープバイン（足をクロスさせながら横に大きく移動《いどう》するステップ）だ。

衣装《いしょう》は、ソフィがチャリティ・ショップで見つけた端切《はぎ》れで作ってくれた。ソフィは裁縫《さいほう》が得意《とくい》で、ふだんからチャリティ・ショップで手に入れた服を、自分の体型《たいけい》にぴったり合うように直して着ている。本人は「オーダーメイドの服」って呼《よ》んでるけど、ダニーは、おばさんファッションって呼《よ》んでる。

リカのは、トップスとパンツがひとつづきになった、銀色のスパンコールの衣装《いしょう》で、ぼくはすそが広がった白のフレアパンツに、大きなえりつきのタンクトップだ。

ぼくの髪《かみ》はそのままでもじゅうぶんボリュームがあるから、かつらはいらない。

リカは、前にソフィが仮装《かそう》パーティで使った、銀髪《ぎんぱつ》と金髪《きんぱつ》がまじったキラキラのかつらを借《か》りた。

仮装《かそう》っていうのは、なかなかいいアイデアかも。だって、まったく別人《べつじん》のふりをするってことだもんね。場面かんもく症《しょう》じゃない、ちがう子のふりを――。

＊

金曜日、昼のリハーサルの前に、ソフィがリカの目にゴールドのアイシャドウを入れてくれた。ぼくらは最高《さいこう》にキラキラして見え、ダンスの仕上がりも完璧《かんぺき》だった。

ああ、なんとかして、リカと踊《おど》れたらいいのに……。でも、それがかなわない願《ねが》いだってことは、ぼくにもわかっていた。

夕方からの本番には、市内のあちこちから人が見にくると聞いて、リカは大はしゃぎだ。そんなリカを見て、ぼくは不安《ふあん》になった。

まさか、本気でぼくが舞台《ぶたい》に立つなんて思ってないよね？　本番出られないってなったとき、もう友だちでいたくないって思われたらどうしよう……？

でも、リカだって、ひどいんじゃないか？　ぼくの場面かんもく症《しょう》のことをわかろうともせず、ぼくならできるって勝手な期待を押《お》しつけて――。

ダンス教室でのリハーサルには、ダニーとソフィがそろってやってきた。ふたりは、みんなから離《はな》れた、ずっとうしろの方に立っている。

リカのお母《かあ》さんとアーハンは、ぼくらのすぐそばにいた。アーハンはリカの衣装《いしょう》に興味津々《きょうみしんしん》で、ぽっちゃりした小さな指でスパンコールをつまもうとしている。

おばさんのおなかは、今では大きいのを通りこして、抱《だ》っこもできないので、アーハンはやりたい放題だ。

「ちょっと、さわらないでよ」

リカが弟の手をはらいのけ、おばさんにたずねる。

「ねえ、今夜、パパもぜったいに見にくるよね？」

「もちろん」おばさんは、折《お》りたたんだ新聞をうちわがわりにして、あおぎながらいった。「パパも、レオのお母さんも、今夜、みんな見にくるよ」

「よかったあ！　ほら、アーハン、さわらない。お菓子《かし》じゃないんだからね」

リカはまたその手をはらったけど、さっきより手加減《てかげん》している。

「あ、見て。アントンが出てきた」リカが指さしながらいった。

ソロで踊《おど》るのはアントンだけ。タップダンスを踊《おど》る子がほかにいないからだ。アントンが、タキシード姿《すがた》でタップダンスの名作〈雨に唄《うた》えば〉を踊《おど》り出した。

「あの衣装《いしょう》、めちゃくちゃ暑そう」リカがこっそりささやく。

ぼくはうなずいた。熱波《ねっぱ》で町が干上《ひあ》がりそうになってるときに、雨のダンスだなんて、なんか変《へん》な感じ。

「雨なんて、これっぽっちも降《ふ》りそうにないよね。ダンスはうまいけど」と、リカ。

リカのいうとおり、アントンは見事なダンスを披露《ひろう》し、大きな拍手《はくしゅ》を浴《あ》びた。幼《おさな》いアーハンまでもが、そのちっちゃい手をパチパチたたいている。

ああ、今、拍手《はくしゅ》されているのが自分だったらいいのに……。

つぎに登場したのは、スカーレットとマリアムだ。ふたりは、ケイティ・ペリーの『ロアー』に合わせて踊《おど》ったけど、ダンスっていうより、体操《たいそう》に近かった。でも、三週間前にダンスを習いはじめたにしては、まずまずの出来ばえだ。とはいえ、ふたりが優勝《ゆうしょう》する見こみはなさそうだ。

つぎに女子の四人組が出てきて、映画《えいが》『グリース』の歌、『想い出のサマー・ナイツ』をバックに踊《おど》ったけど、けっこううまかった。そして、ぼくとリカの番がきた。

スタンバイの態勢《たいせい》に入ろうと、リカがぼくの手を引っぱった。

ぼくだって出たい。でも、三十人以上《いじょう》もの観客《かんきゃく》がいる前で、六十個《こ》もの目にさらされて踊《おど》るなんて、できっこない。カチコチに固《かた》まって動けなくなるのがオチだ。

「さあ、行こう」リカがせっつく。「大変《たいへん》なのは知ってるけど、レオがいてくれなきゃ踊《おど》れないでしょ。ふたりでずっとがんばってきたんだし、みんなも待ってるよ」

リカがなにかひとことというたびに、こっちはますます追いつめられていく。

なんで、わかってくれないんだよ。

ぼくは首を横にふり、そのままうつむいた。三十人分の足と、毛むくじゃらのつま先が、暑さのなか、もぞもぞ動いている。

「ただ前に出て、踊《おど》るだけだよ。ねえ、あんなに練習したじゃない。ここで踊《おど》らなきゃ意味がないよ」

リカがちらっと横を見ると、スカーレットとマリアム、それにその母親たちが、クスクス笑《わら》いながらささやき合っている。

リカの顔に、いらだちの色が浮《う》かんだけど、ぼくにはどうすることもできない。心の中でいろんな思いが、はげしくぶつかり合っている。

そのとき、『ディスコ・インフェルノ』の曲が流れはじめた。

みんながぼくらを、というより、ぼくを見ている。踊《おど》り出すのを待ってる。でも、ぼくは動けない。――もうやめて。頼《たの》むから、ぼくをそっとしておいて！

足がうしろへ下がる。ダニーの白いシューズと、ソフィのビーチサンダルが近づいてくる。ソフィがそっとささやいた。

「だいじょうぶよ。安心して。だれも無理強《むりじ》いはしないから」

ホッとしたつぎの瞬間《しゅんかん》、リカの手がぼくから離《はな》れた。はっと顔を上げると、リカが舞台《ぶたい》へ走り出ていく。ぼくの方はふり返りもせずに――。

あとを追おうとするアーハンを、おばさんが無理《むり》やり引きとめる。

「リチャ！」と、叫《さけ》ぶアーハン。ぼくにはアーハンの気持ちが、いたいほどわかった。

でも、かんもく症《しょう》がじゃまして、なにもできない。

リカは、ぼくなしで踊《おど》り出した。

リカの向かい側《がわ》にかけ出したくてたまらないのに、からだが動かない。

半分ぐらいの人がぼくを、もう半分の人がリカを見ている。ダニーとソフィが、みんなの奇異《きい》の目からぼくを守るように、両側《りょうがわ》に立った。

リカのダンスからは怒《いか》りが伝《つた》わってくる。しかも、本来ふたりで踊《おど》るふりつけなので、動きがまちがっているように見えてしまう。

曲が終わり、拍手《はくしゅ》が聞こえたけど、みんな気まずそうで、とまどいながら手をたたいている。ひどいどころの話じゃない。

リカは猛然《もうぜん》とぼくのところへやってくると、まわりに聞こえるのも気にせず、面と向かって大声でいった。

「レオ、なんにもしないでくれて、ありがとう！」

「リカ、なにもそんないい方しなくたって」ダニーがあわててとりなす。

「そうよ。あの手紙、読んだでしょ。それに散歩《さんぽ》に行ったとき、こうなるかもしれないってことは、いったはずよ」ソフィも加勢《かせい》する。

「レオの事情《じじょう》、知ってるだろ？」ダニーもいう。

リカのぼくをにらむ目つきが、ますますきつくなる。その手紙を、リカは読めないんだから、知るわけがないのだ。そうか、ぼくも、リカがわかってくれないって腹《はら》を立ててるけど、それってまちがってるんじゃ……。

リカはくるっと背《せ》を向けると、ホールを飛《と》び出した。そのあとを、アーハンがうでを上げ、「リチャ、だっこ。リチャ、だっこ」といって、とことこ追いかけていく。

おばさんも、ぼくらに悲しそうにほほ笑《え》むと、子どもたちのあとを追いかけた。

ぼくは、いても立ってもいられなかったけど、追いかけることはできない。だってたとえ追いついたところで、なんにもいえないんだから……。

こうなることを、ぼくは恐《おそ》れてたんだ。これでもう、リカは友だちではいてくれないだろう。あのときの、ティファニーの言葉がよみがえる。──「しゃべれない子と友だちになれるわけがないもん」

リハーサルはつづいていたけど、マリアムとスカーレットの、ほらね、という視線《しせん》にたえきれなくなったぼくを見て、ソフィがフェリシティに耳打ちし、ぼくたちはホールをそっとあとにした。

「ほら、元気出そうぜ。帰り道にショッピングモールで、ふたりにアイスをごちそうしてやるよ」ダニーがいった。

外は、太陽がじりじり照《て》りつけていて、三人ともすぐにサングラスをかけた。ぼくは、ナイロン製《せい》の衣装《いしょう》を着ているぶん、さらに暑い。まるで、リカと踊《おど》らなかった罰《ばつ》を、リカとの友情《ゆうじょう》をめちゃくちゃにした罰《ばつ》を受けている気分だ。

クーラーの効《き》いたショッピングモールに入ると、ひんやりとした空気に包《つつ》まれた。

「やっぱ、これだよなぁ」と、ダニー。

暑さからのがれられてホッとしたけど、気分はみじめなままだ。

「だいたい、こういうエアコンとかショッピングモールに使われる電気こそが、猛暑《もうしょ》の原因《げんいん》なんだからね」

そういうわりに、ソフィは、階段《かいだん》じゃなくてエスカレーターを使う。

今日《きょう》はめずらしく、ソフィのレモンシャーベット代もふくめて、ダニーがぜんぶおごってくれた。リカの一件《いっけん》で、兄妹のいがみ合いはひとまず休戦《きゅうせん》ってことらしい。

ぼくたちは、ショッピングモールの中でいちばん静《しず》かな、エスカレーターわきの自《じ》動販売機《どうはんばいき》のそばでアイスを食べた。エアコンの効《き》いた中で冷《つめ》たいアイスを食べていても、リカのことが心に引っかかったままで楽しくない。

「なにも、あんないい方しなくたっていいのにな、ライオン」

ダニーの言葉に、ソフィもいう。

「衣装《いしょう》を作ってあげたのが、よくなかったかな。あれで、ライオンも出るって思いこんじゃったのかも。あと、手紙に書いたからいいかと思って、夢《ゆめ》はウエストエンドの舞台《ぶたい》に立つことっていっちゃったけど、あれもよくなかったかもね」

「そんなことないさ。リカだって、あの手紙を読んだんだし、かんもく症《しょう》のこと、わかってるはずだろ」と、ダニー。

「でも、まだほんの子どもなのよ。かんもく症《しょう》の子に会ったのだってはじめてだろうし。でも、あんたのいうとおりね。とにかくリカは、あの手紙は読んだんだもんね」

手紙の話をしているのを聞いていたら、リカのことを勝手に、わからず屋だって決めつけてた自分がはずかしくなってきて、ぼくはアイスを食べるのをやめた。

「リカは、みんながいる前で、ライオンに怒鳴《どな》ったんだぞ。あれはひどすぎだ」

「たしかに。あれはないよね」

だめだ、これ以上《いじょう》聞いていられない。これじゃあ自分にも、リカにも、うそをついている気分だ。

ぼくは深呼吸《しんこきゅう》し、ソフィの肩《かた》をトントンとたたいた。ソフィが反射的《はんしゃてき》にぼくの方へ耳を近づける。こうすると、外でもしゃべれることが多い。ぼくは小声でいった。

「リカはあの手紙、読んでない」

ソフィがさっとからだを起こし、ぼくを見る。

「え?　でも、前にリカいってたよね?　ほら、返事を書いた方がいいのかって」

ぼくが首を横にふると、ソフィはもう一度ぼくの方に耳を近づけた。

「リカは字が読めないんだ」

ソフィがぼくを見る。それからダニーの方を見て、またぼくを見た。

「それ、ほんと?」

ぼくはうなずいた。これでリカがまちがって悪くいわれることはない。

あの手紙を読んでいない以上《いじょう》、リカには、なぜぼくがみんなの前で踊《おど》れないのか、場面かんもく症《しょう》がどういうものか、わからなくたって仕方がないんだ。

リカはひとりで踊《おど》らされ、みんなの前で恥《はじ》をかいた。ぼくに裏切《うらぎ》られたと思ったから、あんなに怒《おこ》ったんだ。

「おい、なんだ？　ライオンはなんていったんだ？」ダニーが聞く。

「こういったの。リカは字が読めないって。だから、あの手紙も読んでない。つまり、リカはそもそもレオの場面かんもく症《しょう》がどういうものか、ちゃんと理解《りかい》してないのよ」

ぼくはふたりに向かってうなずいた。これでもう、リカが悪くいわれることはない。

ふたりの誤解《ごかい》が解《と》けたので、ぼくは安心して、またアイスを食べはじめた。

反対に、ソフィとダニーは、アイスを食べるのをやめた。

17　とんでもないまちがい

家に着くと、玄関《げんかん》先にリカが座《すわ》って待っていた。まだリハーサルのときの衣装《いしょう》を着たままだ。ぼくはうれしさのあまり、リカのもとへかけだしそうになった。もう二度と口をきいてくれないかもしれないって思ってたから。

ドアの向こうで、パッチがくんくん鳴き、必死《ひっし》にドアをひっかいては、リカのそばに行かせてくれと、うったえている。

「ママが行けっていうからきた」

リカは開口いちばんそういって、自分はまちがってないし、謝《あやま》る気もないことをはっきりさせた。

ぼくは、そんなことはどうでもよかった。リカがもどってきてくれたんだから！

「ここ、暑すぎ」リカが立ち上がる。

「中に入りましょ。パッチがドアをつき破《やぶ》る前にね」

ソフィがドアを開けると、白と茶色の毛むくじゃらが飛《と》び出してきた。

「いい子ね」とリカがいうと、パッチはますます興奮《こうふん》して、まるで一週間ぐらい会ってなかったみたいに、みんなのあいだをかけ回ってはキュンキュン鳴いた。そんなパッチを上手《じょうず》にかわしながら、ぼくらはゆっくりキッチンに入った。

ソフィはグラスに水をつぐと、氷も入れずに、そのままごくごく飲みはじめた。

「おれにも頼《たの》む」

ダニーがいうと、ソフィはいっしゅんだけ飲むのをやめて「自分で入れれば」といった。

休戦《きゅうせん》が終了《しゅうりょう》したのを見て、残《のこ》りの三人分はぼくが入れた。四人そろってごくごく水を飲む。つぎからつぎへと汗《あせ》がふき出し、いくら飲んでも追いつかない。これだけ暑いと、なにをおいてもまずは水。こんがらかった関係《かんけい》を修復《しゅうふく》するのはそれからだ。

しばらくして、ダニーがリカに聞いた。

「なんであんなふうに怒鳴《どな》って帰ったりしたんだ？」

そのいい方に、ぼくは顔をしかめた。それじゃあ、なんだかリカを責《せ》めてるみたいだ。リカが怒《おこ》った理由は、もう知ってるはずなのに――。

「あたし、てっきり、レオも踊《おど》りたいんだと思ってた」リカがぼくに向かっていう。「曲選《えら》びも、ふりつけも、衣装《いしょう》決めも、ぜんぶいっしょにやったんだよ。だから踊《おど》りたいんだと思ってた。なのに、ただフリしてただけだなんて。挑戦《ちょうせん》すらしなかった。あの気取り屋のスカーレットたちは、あたしのことを笑《わら》ってたよ。だから怒《おこ》ったの」

リカの立場からしたら、怒《おこ》って当然《とうぜん》だろう。

ダニーが空になったグラスの口を、リカの方に向けながらいった。

「ライオンの手紙を読んだ方がいい。かんもく症《しょう》のことがわかるから」

え？　ちょ、ちょっと、いったい、なにをいいだすんだ？

「読んだよ」リカがいうと、ダニーとソフィが目配せした。

まずいぞ。ぴたっとした衣装《いしょう》のせいで暑くてたまらない。するとソフィがいった。

「ダンスが好《す》きで得意《とくい》っていっても、知らない人たちの前で踊《おど》るのは、ライオンにはハードルが高すぎるの。衣装《いしょう》は作ったけど、本気で出るなんて思ってたわけじゃないわ。身内の前ならまだしも、知らない人たちの前で踊《おど》るなんてありえないのよ」

リカは水を飲みながら、グラスのふち越《ご》しに、ぼくらの方をじろっと見た。

リカには悪いって思ったけど、ソフィの話を聞いてほしいって気持ちもあった。

リカを責《せ》める気はなく、ただ場面かんもく症《しょう》がどういうものか、知ってほしいだけだ。読み書きの練習を手伝《てつだ》ったことを、今こそ思い出してほしかった。

「ライオンが書いた手紙、まだ持ってる？」

ソフィの言葉に、なみだで字がにじんでしまった手紙が目に浮《う》かんだ。ソフィはあの手紙を、いったいどうしようっていうんだ？

リカは、グラスから口を離《はな》すと同時にうなずき、ごくりと水を飲みこんだ。

「家から取ってこられる？」

「なんで？」リカがたずねる。

「わたしかダニーで読んであげる。ちゃんと理解《りかい》できるように」

えっ？　まさか……。だめ、だめ、いっちゃだめだって！

リカは見るからにうろたえている。

「いったでしょ！　もう読んだって。理解《りかい》もしてる。ねえ、前にいったよね。レオは〈ライオンキング〉の舞台《ぶたい》で踊《おど》るのが夢《ゆめ》だって。あんなに少ない親たちの前でも踊《おど》れないで、どうやったらそんなことできるわけ？」

「わからない」と、ソフィ。「でも、かんもく症《しょう》のことは、ちゃんとわかってる。本人に心の準備《じゅんび》ができるまでは、無理強《むりじ》いしちゃいけないってことも」

リカはおびえていた。まるで、わなにかかったウサギのように。水をすりながら、ダニーとソフィの方をちらっと見て、またぼくの方を見た。パッチがとなりにやってきてお座《すわ》りしたけど、まるで目もくれない。

ぼくはリカの手を取り、ここから逃《に》げ出したかった。リカとパッチといっしょに、ふたりの秘密《ひみつ》の場所、トランポリンの下に逃《に》げこみたかった。

「さっと行って、手紙を取ってきなよ、リカ」

ダニーが、カウンターにもたれながら、ふっとため息をつく。

「字、読めないいんだろ。ライオンから聞いたよ」

リカが水をブッとふく。そして、ぼくに向かって叫《さけ》んだ。

「あたしの秘密《ひみつ》、しゃべったのね！」

サイアクだ……。なんでいっちゃうんだよ⁉

「ライオンに怒《おこ》らないで」ソフィが、ぼくをかばう。「わたしたちが誤解《ごかい》してたから、教えてくれただけよ」

「なんで？」リカはぼくに向かっていった。「友だちだと思ってたのに」

悲痛《ひつう》な顔のリカを見て、ぼくはようやく気づいた。

自分がとんでもないまちがいを犯《おか》してしまったことに――。

＊

リカはわっと泣《な》き出すと、空っぽのグラスをぼくにつき返し、外に飛《と》び出した。

庭をつっ走るリカのすぐあとを、パッチが追いかける。

ソフィがリカを引きとめようと叫《さけ》んだ。

「ねえ、待って！　はずかしいことじゃないわ。力になってあげるから。ねえ、お願《ねが》い。怒《おこ》らないで話を聞いて」

でもリカは行ってしまった。

もう、なにもかも、めちゃくちゃだ。

そして、こんなことにしたのは、このぼく。

なんてバカだったんだ。リハーサルのことは、まだなんとかなったかもしれない。でも、秘密《ひみつ》をしゃべったことは、ぜったいに許《ゆる》してはくれない。こんなことがあったあとで、まだ友だちでいようなんて思うわけがない。最高《さいこう》の友だちだったのに――。

ダニーが冷蔵庫《れいぞうこ》へ向かい、中からアイスクリームを取り出した。カップのふたをはがすのを見て、ソフィがいった。

「さっき、ショッピングモールでダブルのアイスを食べたばっかでしょ。あんたって、なんかの飢《う》えた動物みたい」

「その動物は、チョコのアイスがなくてがっくしきてる。なんでチョコレート味を買わないんだよ？　いつもナポリタンばっかで？」

「ナポレオンだよ」反射的《はんしゃてき》にぼくはいった。

「いや、ナポリタンだ。おい、ライオン、何回まちがったらわかるんだ？　ナポレオンはワーテルローの戦《たたか》いで負けたフランス男だろ」と、ダニー。

「もともとはイタリア人だけどね」ソフィがいう。

「どっちにしてもだ」ダニーがぼくの方を向く。「ライオンときたら、まる一日だまっていて、ようやく口を開いたと思ったら、まちがったことというんだからな」

半分笑《わら》いながらだったけど、それでもグサッときた。

「いいじゃない。かわいいし」と、ソフィ。

「かわいいっていうのは、アリアナ・グランデみたいな名前のアイスをいうんだよ。軍人《ぐんじん》の名前をとったアイスの、どこがかわいいんだよ！」

そういうと、ダニーはスプーンをつかんで食べだした。

「アリアナ・グランデ？　ありえないわ」ソフィがばかにしていう。

ダニーは聞かなかったことにして、アイスをもうひと口ほおばった。

ぼくは、ふたりのいい合いにたえられなくなり、二階へ向かった。だいたい、ふたりがああやってべらべらしゃべるから、さらにこじれちゃったんだ。

「待って、ライオン。なにかいい方法《ほうほう》がないか、いっしょに考えましょ」

ソフィの言葉に足をとめたけど、ふたりの方はふり返らない。

「リカの秘密《ひみつ》、ばらしちゃった……」

ぼくがしょんぼりというと、パッチがキッチンの奥《おく》からとことこぼくのところへやってきた。

「心配するな。だれにもいわないって、約束《やくそく》する」と、ダニー。

リカに見放されたってこと、パッチにもわかるんだ。

「もういっちゃったじゃないか。リカに。でも、もっとひどいのはぼくだ。リカはぼくを信《しん》じてたのに……。ふだんしゃべれないくせに、友だちの秘密《ひみつ》はしゃべったんだ。

ぼくが、なにもかもぶちこわしにしたんだ」

「そんな……ねえ、ライオン」

近づいてくるソフィのパタパタというサンダルの音を聞いても、心は晴れない。

「ひとりになりたいんだ」

ぼくがいうと、サンダルの音がぴたっとやんだ。

「そっとしておいてやれよ」

ダニーが、口いっぱいにアイスをほおばりながらいう。

「わたしに命令《めいれい》しないで。あと、カップからそのまま食べるのやめて。気持ち悪い」

「だまれ、母《かあ》さんぶりやがって」

ぼくとパッチは、いい合うふたりをおいて二階へ上がった。

寝室《しんしつ》に入ると、ベッドに顔をうずめ、なみだをこらえた。

こんなにつらいのははじめてだ。テオのパーティでガチガチになったときより、もっとひどい。それというのも、こうなったのが、ぜんぶぼくのせいだからだ。

ベッドから片《かた》うでをたらしていると、パッチがしめった鼻を手に押《お》しつけてきた。こんなに暑いのにひんやりしてる。パッチは指を一本一本やさしくなめていく。

「ねえ、パッチ、ぼく、どうしたらいいんだろう?」

パッチのなめ方が少しはやくなる。パッチの方を見たら、顔を向けてもらったのがうれしいのか、ぼくの顔を勢《いきお》いよくなめはじめた。パッチの口は、ドッグフードのにおいがしてくさかったので、ぼくはそっと押《お》しのけた。でも、パッチを見たら気分もちょっぴりましになった。

パッチはどんなときだって、ぼくを大好《だいす》きでいてくれる。たとえぼくが、みんなの前でダンスを踊《おど》れなかったり、人前でしゃべれなかったりしてもだ。きっと、ぼくが重大な秘密《ひみつ》をばらしたとしても、パッチは大好《だいす》きなままでいてくれるだろう。

「どんなに悪かったって思ってるか、わかってもらえる方法《ほうほう》があるはずだよ」

ぼくの言葉に、パッチがぴんと耳を立て、首をかしげた。

まるで窯《かま》の中のように暑い部屋《へや》で、ナイロン製《せい》のフレアズボンをはいたまま、ぼくはリカの信頼《しんらい》を取りもどす方法《ほうほう》を考えた。リカと友だちになる前の生活にもどるなんて、考えたくもなかった。

そのとき、一階から音楽が聞こえてきた。

はじめ、ママが帰ってきたのかと思ったけど、すぐにダニーがママのレコードをかけているだけだとわかった。聞こえてきたのは、ボブ・マーリー・アンド・ザ・ウェイラーズの『ノー・ウーマン、ノー・クライ』。ぼくをなぐさめているつもりだろうけど、ダニーのひどい歌声がじゃまして、歌詞《かし》がよく聞こえない。

とつぜん、歌がやんだ。

「なにすんだよ！　せっかく聞いてんのに」ダニーが怒鳴《どな》る。

「ふざけてる場合じゃないでしょ」ソフィが怒鳴《どな》り返す。

でも、音楽を耳にしたことで、あるアイデアが浮《う》かんだんだ。

ぼくがガバッと起き上がると、パッチもむくっと起き上がり、ハッハッとあえぎながらしっぽをふった。

そうだよ。このこじれてしまった関係《かんけい》を修復《しゅうふく》するには、ぼくがみんなの前で踊《おど》るしかないじゃないか。……ぼくのためじゃなく、リカのために。

ああ、でも、考えただけでぞっとする。だって、からだが固《かた》まって動けなくなるかもしれないんだぞ。そもそもリカがいっしょに踊《おど》ってくれなかったらどうする？

満員《まんいん》のお客さんたちの前で、舞台《ぶたい》の上でひとり動けなくなって、みんなからじろじろ見られているところを想像《そうぞう》したら、パニックに襲《おそ》われた。あわてて言語聴覚士《げんごちょうかくし》さんが教えてくれた方法《ほうほう》を思い出して、三回深呼吸《しんこきゅう》して心を落ち着かせた。

とにかくやってみよう。リカは、ぼくが挑戦《ちょうせん》すらしなかったことに怒《おこ》ってるんだから。

たとえ失敗《しっぱい》したって、ぼくがどんなに後悔《こうかい》しているか、どんなにリカと友だちでいたいかは伝《つた》わるだろう。こわいけど、そんなことといってられない。

ぼくは時計《とけい》を見た。発表会がはじまる一時間前までには、会場に着いていなくちゃいけない。

でも、どうやって、ぼくも踊《おど》るってことをリカに伝《つた》える？　しゃべれないのに？

そもそも、リカが会場に現《あらわ》れなかったら？

ソフィかダニーに協力《きょうりょく》してもらうのはどうだろう。この計画のことを話して、リカに伝《つた》えてもらうんだ。でもすぐに、あのときのリカの傷《きず》ついた表情《ひょうじょう》が目に浮《う》かんだ。

だめだ、これはぼくが自分で伝《つた》えなきゃ。

ふと、絵本の本棚《ほんだな》からはみ出している、『ブロンコ』が目にとまった。ぼくはベッドから降《お》りると、棚《たな》から本を引きぬいた。

もしかしたら、リカはもうそれなりに字が読めるかもしれない。『ブロンコ』に出てくる言葉だけを使ったら、リカに計画を伝《つた》えられるかもしれないぞ。

18　レオの決心

学校のバッグを開けると、えんぴつのけずりかすや、うわばきのにおいがした。ぼくは、ふでばこをさがし、中からマーカーペンを取り出した。

『ブロンコ』をめくって、メッセージに使えそうな言葉をさがす。その言葉にマーカーを引いておいて、順番《じゅんばん》にリカに見せるんだ。方法《ほうほう》が見つかったことで、ちょっとだけ気持ちが楽になった。

でも、結局《けっきょく》うまくいかなかった。『ブロンコ』には、「ごめんなさい」っていう言葉も、「踊《おど》る」とか「みんなの前で」っていう言葉も入ってなかったんだ。

ぼくは時計《とけい》をじっとにらんだ。あまり時間がない。

ああ、ぼくがしゃべれさえすれば、ただリカにいうだけですむのに！

ぼくはイライラして本を床《ゆか》に投げ、またベッドにこしかけた。

ぼくって、なんて役立たずなんだろう。ああ、情《なさ》けない。ただしゃべるってだけのことが、なんでできないんだ？　なんで、みんなのようにいかないんだよ？

「ただいま」

ママの声にパッチがぱっとはね起き、ママを出迎《でむか》えに階段《かいだん》をかけ降《お》りていく。

「だれもいないの？　パッチだけ？　もうすぐ出かけるんじゃないの？」

下がざわざわしている。なにをいっているかは聞こえなくても、ぼくのことを話してるってことはわかる。

頭の中ではよくない考えが、まるで汚《よご》れた洗濯物《せんたくもの》みたいにぐるぐる回っていた。

ママが階段《かいだん》を上ってくる足音が聞こえた。つづいて、開いたままのドアをやさしくノックする音がして、ママが顔をのぞかせた。

「ただいま、ライオン」

「おかえり」とぼくがいうと、ママは入ってもいいっていう返事と受けとめ、寝室《しんしつ》に入ってきた。ママからはチップスのにおいがする。

ママはとなりに座《すわ》ると、暑いのもかまわず、ぼくの肩《かた》を抱《だ》き寄《よ》せていった。

「ソフィから聞いたわ。リカとケンカしたんですってね」

「……ぼくが悪いんだ」

リカの秘密《ひみつ》のこと、ソフィがママにしゃべってないといいんだけど。

ママは、ぼくをぎゅっと抱《だ》きしめてからいった。

「ママが通訳《つうやく》してあげようか？」

どうだろう？　だいたい、そんなことできるかな？　本で伝《つた》える方がよかったんだけど、うまくいかないし、となると、ママに伝《つた》えてもらうしかないかも……。

「……うん」

でも、ママには、リカの秘密《ひみつ》のことを知られないようにしなきゃ。

新たな解決法《かいけつほう》が見つかったことで、さっきまでのよくない考えは、心のすみで鳴りをひそめていた。

＊

ぼくとママは、さっそくリカの家に行ってみた。でも、だれも出ない。

ぼくはリカに会いたいような、会うのがこわいような、複雑《ふくざつ》な気持ちでぴょんぴょんとびはねていた。

「もう出ちゃったのかもね」

ママはうで時計を見てから、着ている店の制服《せいふく》に鼻を近づけてくんくんかいだ。

「発表会がはじまる前に、さっとシャワーを浴《あ》びてくるわね」

ぼくは、ママの耳に小声でいった。

「リカのことはどうする?」なにもいわず、このままってわけにもいかない。

「なんとかなるわよ。とってもいい子だもの」

ママはそういうと、家にもどりはじめた。

そんなあ……。そうかんたんにはいかないんだって。

ここは、ママに従《したが》うしかないけど、このままじゃ、リカが許《ゆる》してくれないのはまちがいない。ぼくは最低《さいてい》の友だちなんだから。

リカと仲直《なかなお》りできるかもしれない、ゆいいつの方法《ほうほう》のことを考えるとこわくなる。でも、もう決めたぞ。がんばって、みんなの前で踊《おど》ろう。リカの信頼《しんらい》を裏切《うらぎ》ってしまって、すごく後悔《こうかい》してるってことを伝《つた》えるんだ。

発表会に、リカがきてくれますように。もしこなければ、みんなの前で踊《おど》らなくてよくなるけど、大切な友だちを一生失《うしな》ってしまうことになる。

*

ママがシャワーを浴《あ》びているあいだ、ぼくは庭でトランポリンをした。パッチもついてきて、フェンスの下を悲しそうにくんくんかいでは、いなくなってしまった未来《みらい》のドッグ・ガールをさがしている。

トランポリンでとび上がったとき、三番目のパネルの向こうをのぞいてみたけど、見えたのは空っぽのトランポリンだった。

まるで、ぼくがリカを消してしまったみたいだ。自分のしたことを思い出したら、とぶ気も失《う》せ、ぼくはトランポリンの端《はし》にこしかけて足をブラブラさせた。

リカがいないと、なにをしても楽しくない。

ぼくのせいで、リカが本当にどっか行っちゃったらどうしよう？　レイクサイド小学校に転校するのもやめて、ルートンから引っ越《こ》しちゃったら？

最近《さいきん》では、となりから聞こえる物音や、キッチンから流れてくるおいしそうな料理《りょうり》のにおい、それに、リカと友だちでいることに、すっかり慣《な》れてしまっていた。

「よお、ライオン、そのかっこう、すっげえイケてるな」

見ると、戸口にダニーが立っていた。ダニーはスマホでぼくの写真を撮《と》ると、いつものカウボーイっぽい、ゆったりとした歩き方でぼくの方へやってきた。

ぼくはまだ、ダニーにもソフィにも腹《はら》を立てていたから、むすっとしていた。

「あのさ、ずっと考えてたんだけど」

ダニーが近づきながらいう。

「リカにあのことしゃべって悪かったよ。もし、おれやソフィがよけいなことといわなきゃ、こんなことになってなかったかもな。そのつぐないってわけじゃないけど」

ダニーがスマホをぼくに向かってふる。

「こいつをおまえにくれてやろうと思って」

ダニーがさし出したスマホに触《ふ》れた瞬間《しゅんかん》、ビビッと静電気《せいでんき》が走った。

いたっ。

「うわお」ダニーがうしろにのけぞる。「ライオン、おまえの着てる、そのごてごてのナイロンのしわざだな」

でも、そんなの、どうだってよかった。

だって、自分のスマホが手に入ったんだから！

手に持ってみると、スマホの熱《ねつ》がじんわりと伝《つた》わってきた。

これで、ダニーとソフィがリカにしゃべっちゃった件《けん》はチャラだ。自分のスマホがあるなんて夢《ゆめ》みたいだ！

「ちょっと型《かた》が古いし、ときどきいうことをきかないこともあるけど、ちゃんと使えはする。見られてやばいもんは、ぜんぶ消しといたし。まあ、いくつか、入れた覚《おぼ》えのないデータも入ってたけどな。そう、壁紙《かべがみ》の写真とか」

ダニーがぼくを見て、意味ありげに笑《わら》う。

「あと、こいつもだ」

ダニーが顔を近づけ、スマホの画面をのぞきこむと、香水《こうすい》がふわっとにおった。

ダニーは、ボイスメモのアプリを開いていった。

「この、〈ブロンコ〉って名前だけど、そういう名前の生徒《せいと》に覚《おぼ》えがないんだよな」

ダニーはその再生《さいせい》ボタンを押《お》すと見せかけ、指鉄砲《ゆびでっぽう》でぼくを撃《う》つまねをした。

「当たり、だな」と、ウィンクする。

ぼくはまた静電気《せいでんき》が走るかもしれないのもかまわず、ダニーに思いっきり抱《だ》きついた。

「ありがとう、ダニー」ぼくは抱《だ》きついたままいった。

「なんのこれしき。リカのいうとおり、もっと早く買いかえときゃよかったな、ライオン」

ぼくは、自分の物になったスマホを手に、トランポリンからジャンプし、家の中にかけこんだ。すぐあとからパッチもかけてくる。

今度の計画には、パッチの手も借《か》りなきゃ。パッチなら、きっとリカのかわりをりっぱにつとめてくれるはず。

よしやるぞ、という気持ちが、恐《おそ》れを押《お》しのけ前に出た。

19　ふたりのリズム

結局《けっきょく》、劇場《げきじょう》のある図書館までは、ぼくたち家族だけで向かった。あいかわらず、リカの家には人気《ひとけ》がなかった。

「もしかしたら、先に行ってお茶してるのかもよ」ソフィは口ではそういったけど、考えてることは、きっとぼくと同じだ。

あんなことがあったあとだし、もうこないかもしれない。でも、リカがこないなら、ぼくがみんなの前で恥《はじ》をかいたってしょうがない。ぜったいにきてくれなきゃ。

ぼくらは、ギラギラ照《て》りつける日ざしの下を、図書館に向かって歩いた。

中に入ると、リカといっしょに本を選《えら》んだ日のことを思い出した。知ってる言葉を見つけては指さし、ぼくがうなずいたときの、あのはちきれんばかりの笑顔《えがお》が心によみがえる。

あんなにうれしそうだったリカ。ぼくはそのリカの大事な秘密《ひみつ》をばらしちゃったんだ。そう思うといたたまれなかった。

このばつの悪さと、みんなの前で踊《おど》らなきゃいけない不安《ふあん》、どっちがつらいだろう？　種類《しゅるい》はちがうけど、同じぐらいかも。

図書館にはこれまで何度もきたことがあるけど、劇場《げきじょう》に入るのははじめてだ。ダンス教室みたいに、ごちゃごちゃして雑然《ざつぜん》とした場所を想像《そうぞう》してたけど、実際《じっさい》はきれいなところだった。

劇場《げきじょう》の中に入ると、折《お》りたたみ式の青い布張《ぬのば》りの座席《ざせき》は、すでに埋《う》まりはじめていた。新しい生地のにおいがして、開演《かいえん》をわくわくしながら待つ人たちの興奮《こうふん》が伝《つた》わってくる。その観客《かんきゃく》の中に、リカたち家族の姿《すがた》はなかった。

「前の方の席《せき》がまだ空いているわ。あそこならよく見えるんじゃない、ライオン？」

そういって、横にいたママがぼくを抱《だ》きしめた。

むらさき色のカーテンが引かれた舞台《ぶたい》には、スポットライトが当たっている。その舞台《ぶたい》に向かって、ぼくらは真ん中の通路を進んでいった。

まさかぼくが舞台《ぶたい》に立とうとしてるなんて、家族のだれも思ってないだろうな。家族だけじゃない。だれもだ。ぼくの中では恐《おそ》れと決意が、たがいがたがいを打ち負かそうと、つば競《ぜ》り合いをくり広げている。

舞台《ぶたい》に近づくと、カーテンが動いて中から物音が聞こえた。フェリシティの声と、アントンのタップシューズの音もする。

ママが、まるでクリスマスを前にした小さい子どものようにはしゃいでいった。

「ライオンは楽屋に行った方がいいわね。小道具の手伝《てつだ》いが必要《ひつよう》かもしれないし。ライオンの席《せき》、ちゃんと取っておくわね」

ああ、なんだか胃《い》がむかむかしてきた。かんもく症《しょう》め、出てくるな。ひっこめ、いやなやつ。五つ数えながら息を吸《す》い、五つ数えて息をはく。

「おれもいっしょに行こう」

ダニーがいったけど、どこへ行けばいいのか、ぼくもダニーもわからない。

舞台袖《ぶたいそで》に入ると、空気がよどんでいてほこりっぽかった。いくつもの黒い柱が交差《こうさ》した足場には、大きな箱型《はこがた》の照明《しょうめい》が取りつけられ、ワイヤーがあちこちはりめぐらされている。

ダンス教室の生徒《せいと》たちとフェリシティの姿《すがた》が見えた。みんな衣装《いしょう》を着て、ストレッチをしたり、ステップを練習したりしている。

でもそこにリカの姿《すがた》はない。フェリシティが近づいてきていった。

「スター・ダンサーのレオ、よかったら舞台裏《ぶたいうら》で見ててね」

さあ、いよいよだ。ぼくはダニーの肩《かた》をトントンとたたいた。ダニーが身をかがめて耳を近づけてくる。のどがきゅっとしめつけられる。

「ぼく、やってみる」

かすれる声でそういうと、ダニーがのけぞった。

「おい、本気か？」

そういいながら、思わずこぼれそうになる笑《え》みをこらえている。ちょうど、舞台袖《ぶたいそで》でもどかしそうに出番を待つダンサーたちみたいに。

ぼくは、こみ上げてくる不安《ふあん》と緊張《きんちょう》を飲みこみ、頭の中でこだまするかんもく症《しょう》の雑音《ざつおん》をふりはらい、ダニーにうなずいてみせた。

ダニーがフェリシティの方を向く。

「弟が踊《おど》りたいって。挑戦《ちょうせん》してみるって！」

フェリシティの顔がぱっと輝《かがや》き、顔いっぱいに笑《え》みが広がる。

「なんてすばらしいの、レオ！　あなたのこと、とっても誇《ほこ》りに思うわ。もともと有《ゆう》能《のう》なダンサーだけど、そこへきて、リカというすばらしいペアまでいて。ああ、みんなの拍手《はくしゅ》が待ちきれない！　ふたりは、運命が引き合わせた最高《さいこう》のペアね！」

ぼくはさっとほほ笑《え》んだ。顔をまともに見るのは、まだハードルが高すぎるから。

あとはリカがくるだけ。そしたらもう、なにがあっても引き返せない。たとえみんなの前で凍《こお》りつくことになるにしてもだ。恐《おそ》れと決意のせめぎ合いが、ますますはげしくなってくる。

「そのスマホで撮《と》っておこうか？」

ぼくは手の中にあるスマホを見た。スマホには、すべての望《のぞ》みをかけたイヤホンがつながっている。もう一度耳を近づけてきたダニーに、ぼくはいった。

「まず、リカに聞かせなくちゃいけないものがあるんだ」

「じゃあ、またあとでな」ダニーがウィンクする。

ぼくはもう一度抱《だ》きつこうとしたけど、ダニーはさっとうしろに身をひいた。

「またビビッとくるのはごめんだからな。がんばれよ！」

*

劇場《げきじょう》はどんどん人でいっぱいになっていく。ぼくはそわそわしながら、舞台裏《ぶたいうら》からリカとその家族の姿《すがた》をさがした。学校とは逆《ぎゃく》に、席《せき》は前の方から埋《う》まっていく。ティファニーとその両親、それに妹が、ぼくの家族の二列うしろに座《すわ》っている。ぼく用に取っておくといってた席《せき》は、どのみちもう残《のこ》ってなかった。

客席側《きゃくせきがわ》のざわめきで、舞台裏《ぶたいうら》の小さな話し声も聞こえない。舞台《ぶたい》を見つめるたくさんの目のことは考えないようにした。

そのとき、リカのおばさんの姿《すがた》が見えた。大きなおなかを左右にゆすりながら、アーハンの手を引っぱっている。そのうしろからくるのは、リカのお父《とう》さんだ。スマホでしゃべりながらゆっくりやってきて、入り口の扉《とびら》のところで大回りして劇場《げきじょう》に入ってきた。リカはお父さんのそばにいるかも、と思って姿《すがた》をさがしたけど、いなかった。

「はあい、レオ」

背後《はいご》で声がして、びくっとしてふり返ると、すぐうしろにリカがいた。

リハーサルのときのまま、スパンコールの衣装《いしょう》を着てるけど、目は泣《な》きはらし、ゴールドのアイシャドウもすっかりはげ落ちて、かつらもずれている。

そんなあわれなリカの姿《すがた》を見たら、ぼくの中でいろんな思いがあふれてきた。この場でリカを抱《だ》きしめて、ただただ謝《あやま》りたかった。――でも、できない。

フェリシティが軽やかな足取りでやってきていった。

「ああ、よかった、リカ。こないんじゃないかって心配してたとこよ」

「そのつもりだったから……。あの、ここで見ててもいいですか？」

「見てる？　まあ、出番まではね」

フェリシティがいうと、リカがとまどいながら、ぼくの方をちらっと見る。

「でも、ひとりじゃダンスは踊《おど》れないし……。リハーサル、ひどかったもん」

フェリシティがにこにこしていった。

「そうね。だから、このすばらしいダンサーのレオが、あなたと踊《おど》るって」

うなだれていたリカがきょとんとし、つぎに、うそでしょ、って顔になる。

「でも、できないって……」と、リカ。

ぼくは肩《かた》をすくめ、それからまっすぐリカの目を見つめた。

「できるわ」

フェリシティはそういうと、リカの乱《みだ》れたかつらを直しはじめた。フェリシティは、いつだって、ぼくら一人ひとりの力を信《しん》じてくれてる。

「なんでも最初《さいしょ》がいちばん大変《たいへん》だけど、あなたたちのことだもの、きっと最強《さいきょう》の魔法《まほう》で、目もくらむようなすごいダンスを披露《ひろう》してくれるでしょうね」

リカの口元に笑《え》みが広がってゆく。

「ほんとに？　ほんとにやってくれるの？　あたしのために？」

ぼくはうなずいた。

フェリシティが手をふっていなくなると、ぼくは手に持っていたスマホとイヤホンをリカに見せた。

「ダニーのスマホ？」

ぼくは首を横にふって、スマホを自分の胸《むね》にあてた。

「レオの？　ダニー、スマホ買いかえたの？」

今度はうなずく。

リカがさっそく左耳にイヤホンをつける。もうすっかり笑顔《えがお》だ。

「あたしが、ああいったから、ダニーも買いかえる気になったのね」

ぼくはにっこりした。ああ、よかった。それでこそ、いつものリカだ。

決意と恐《おそ》れとのたたかいは、今のところ、決意の方が優勢《ゆうせい》だ。

自分の声をあらためて聞く必要《ひつよう》もないし、聞きたいとも思わなかったから、右のイヤホンもリカにつけてもらった。パッチをリカだと思って、ついさっきふきこんでおいたメッセージだ。ぼくは、「ごめん」というタイトルの再生《さいせい》ボタンを押《お》した。

＊

リカ、
ダニーとソフィに秘密《ひみつ》をしゃべっちゃって、ほんとうにごめんね。

リカが手紙を読めないってこと知らないせいで、ふたりがリカのこと、誤解《ごかい》してたから、ついいっちゃったんだ。

ふたりとも、ぜったいだれにもいわないって約束《やくそく》してるし、じっさい、うちのママにもいってない。だから、信《しん》じてだいじょうぶだよ。

リカ、もうだいぶ字が読めるようになったね。あのさ、もしよかったら、読む練習、もう少し手伝《てつだ》ってもいいかな。ほかの人には、ぜったいいわないから。

学校でも、リカの力になりたいんだ。おたがい協力《きょうりょく》し合うのってどうかな？

今日《きょう》はぼく、みんなの前でダンスを踊《おど》るよ。どんなに悪かったって思ってるか、リカにわかってもらいたいから。

かんもく症《しょう》ってすごく大変《たいへん》で、知らない人たちの前で踊《おど》れるかこわいけど、がんばるね。

ほんとうは、ぼくだって踊《おど》りたいんだよ。でも、かんもく症《しょう》が巨大《きょだい》な壁《かべ》みたいに立ちはだかってて、まずはそれを乗り越《こ》えなきゃいけないんだ。うーん、ちょっと口で説明《せつめい》するのはむずかしいな。

まだまだ伝《つた》えたいことがいっぱいあるんだけど、いえない。でも、これからはこのスマホで伝《つた》えられるかも。リカが聞いてくれるならね。

あと、ひとつだけ。

リカは、あの手紙を読んでないはずなんだけど、読んだんじゃないかって思うことがあるんだ。なんか、心が通じ合ってるっていうか――。

リカは最高《さいこう》の友だちだよ。

だから、ぼく踊《おど》るよ。

リカと友だちでいられるように。

＊

イヤホンを外したリカの目は、なみだでいっぱいだった。

リカがぼくをぎゅっと抱《だ》きしめ、ぼくも抱《だ》きしめ返す。リカが耳元でいった。

「あたしこそ、ごめんね……」

そのとき、うしろで声がした。

「ああ、いいわねえ。ふたりとも最高《さいこう》！」

ソフィだ。思わずぱっとリカから離《はな》れると、ソフィの髪《かみ》から、ふっとシャンプーのにおいがした。なつかしくて、生まれたての希望《きぼう》のような、みずみずしい香《かお》り。

だいじょうぶだ。ちゃんと踊《おど》れる。

フェリシティが、軽やかな足取りでやってきて、ソフィに耳打ちした。

「そろそろはじまるから、ご家族は出てくださいね」

「ごめんなさい。スマホを取りにきただけなので」

ソフィがスマホを受け取り、イヤホンを手際《てぎわ》よくクルクルッときれいに巻《ま》く。

「しっかり撮《と》っておくからね。母《かあ》さんたら、もう舞《ま》い上がっちゃって」

そういって行きかけたソフィが、スマホをさっとこっちに向け、ぼくとリカの写真を一枚《まい》パシャッと撮《と》った。知らないうちに、ぼくはリカと手を取り合っていた。

「ほんと、絵になるわねえ」

「ほら、ほら、もう行って」フェリシティがソフィを追いはらう。

「つぎは、〈ライオンキング〉のときに」

そういって、ソフィは舞台裏《ぶたいうら》から姿《すがた》を消した。

*

出番がきた。

ぼくは衣装《いしょう》の力を借《か》りて、自分にいい聞かせた。自分はしゃべれない子なんかじゃない。みんなの前で踊《おど》るために生まれてきた子なんだ。そう信《しん》じないと、よけいなことをいろいろ考えちゃって、みんなの前に出られそうにない。

リカは、「行こう」ともいわないし、前みたいにうでを引っぱったりもしない。

かわりに、ふたり手を取り合い、しっかりとした足取りで舞台《ぶたい》の中央へ進み出る。

ざわざわしていた会場がしーんとなる。音楽はまだ流れてこない。

ぼくは目を閉《と》じ、深呼吸《しんこきゅう》した。

よくないことはいっさい考えず、音楽だけに気持ちを集中させるんだ。

しゃべる必要《ひつよう》はない。ただ踊《おど》るだけ。

それも、ひとりじゃない。親友のリカがいっしょだ。だから、ぜったいにやれる。

さあ、いくぞ。ベストを尽《つ》くすんだ。

リカと並《なら》んで、はじまりのポーズ。観客《かんきゃく》に背《せ》を向け、映画《えいが》のジョン・トラボルタみたいに、右手を上へ、左手をこしに当てたまま、音楽が流れるのを待つ。

と、スポットライトが背中《せなか》に当たった。外の日ざしと同じぐらい熱《あつ》い。ライトが舞《ぶ》台《たい》のカーテンに、ふたりのかげをくっきりと映《うつ》し出す。完璧《かんぺき》なシルエットだ！

うしろ向きだと観客《かんきゃく》の顔が見えないから、視線《しせん》を気にしなくてすむ。自分でもびっくりするぐらい落ち着いてる。かんもく症《しょう》のやつも、おとなしくしてる。

音楽が流れ出した。自分の中でスイッチが入り、自然《しぜん》にからだが動き出す。不安《ふあん》や恐《おそ》れ、迷《まよ》い、すべてがすうーっと消え、心も頭もダンス一色になる。シャワーで汚《よご》れを洗《あら》い流すように、よけいなものが流れ落ちていく。

そう、ぼくにはダンスがある！

あれだけ練習したんだもの、眠《ねむ》りながらだって踊《おど》れるだろう。じっさい、からだが勝手に動いていく。ぼくは音楽に身をゆだね、練習どおりの完璧《かんぺき》な動きを披露《ひろう》する。

ズンダ、ズダ、ズダ、ズダー。デダ、デダ。

ズン、ダ、ダ、ズン、ダ。

ようし、ぼくは、ディスコ・キングだ！

うでを前にのばし、おしりをつき出して、トラボルタの動きを右に四回、左に四回。

それから、くるっと回って観客《かんきゃく》の方を向く。ライトの光がまぶしい。

うでをくるくる回して、肩《かた》を小刻《こきざ》みにゆすったあと、足をクロスさせながら横に移《い》動《どう》。リカの大好《だいす》きなグレープバイン・ステップだ。それから、曲げたひじを上下させるファンキーチキン。このステップは、ぼくのいちばんのお気に入り。つづいてサイドステップで左右に移動《いどう》。ここで曲のイントロが終わる。

ズン、ダ、ダ、ズン、ダ。
ズン、ダ、ダ、ズン、ダ。

さあ、ここからが本番だ。まずは、足を滑《すべ》らせるようにシャッフルのステップ。おつぎはボールをキックするみたいに足をけり上げてから、うでをふりながら三歩進み、四歩目で腰《こし》をひねる。左右の足を前で交差《こうさ》させるストラット・ウォークでリカと左右にわかれ、マンボステップで場所をチェンジし指を鳴らす。またストラット・ウォークでもどり、すれちがいざまリカとハイタッチ。舞台《ぶたい》中央へもどったところで、曲のコーラスが流れる。ノリのいいリズムと歌詞《かし》に、どんどん元気がわいてくる。

みんな盛《も》り上がって、ノリノリだ。
屋根に上って、踊《おど》ってる！
トラボルタのポーズで、足をうしろにけり上げる。
顔いっぱいに笑《え》みが広がる。リカもにこにこ笑《わら》ってる。
あ、観客席《かんきゃくせき》から歌声だ！　ますます気分が乗ってきた！
ファンクの炎《ほのお》が、メラメラだ。
燃《も》えて、燃《も》えて、燃《も》えまくれ！
ズン、ダ、ダ、ズン、ダ。ダー・ディダ・ダー。
ここからパート2だ。リカと背中合《せなかあ》わせでうでを組み、おたがいの背中《せなか》を転がりな

がら、円を描《えが》くように回っていく。すごい拍手《はくしゅ》と声援《せいえん》に、音楽ももう聞こえない。
ぼくらは、ディスコ・キングに、ディスコ・クィーンだ！
ストラット・ウォークでリカとハイタッチしたあと、頭をふってうでを回し、軽快《けいかい》なステップでシャッフルキック。水中にいるふりして鼻をつまんでからだを揺《ゆ》らし、水をふり落とすみたいに頭をふりながら、足をクロスで横に移動《いどう》。そこで、またコーラスが入る。

おっと、頭上から音楽だ！
どっかでパーティやってるぞ！

ズン、ダ、ダ、ズン、ダ。ダー・ディダ・ダー。

気づくと会場じゅうが歌ってる。ほかの子たちのときも、そうだった？　あ、今度は、みんな立ち上がって踊《おど》り出した。会場じゅうが、総立《そうだ》ちで踊《おど》ってる！

なんか、最高《さいこう》にノッてきたぞ！


ズン、ダ、ダ、ズン、ダ。ダー・ディダ・ダー。

ズン、ダ、ダ、ズン、ダ。ダー・ディダ・ダー……。


気づいたとき、ぼくらの発表は終わってた。あっというまのことだった。

音楽がしだいに小さくなるなか、ぼくとリカは、観客《かんきゃく》たちの前をゆうゆうと歩き、ときどきターンしながら舞台《ぶたい》を降《お》りた。

客席《きゃくせき》の人たちが歓声《かんせい》を上げ、興奮《こうふん》して床《ゆか》を踏《ふ》み鳴らしている。

「ねえ、見て。すごいわ。みんな、あんなに楽しんでくれてる！」

リカが肩《かた》で息をしながらにっこり笑《わら》う。

そのとびっきりの笑顔《えがお》に、ぼくは思わずリカをぎゅっと抱《だ》きしめた。こんなにうれしいのは、生まれてはじめてだ。

「やったね！」

ぼくは思わずリカの耳にささやいた。

はじめてしゃべったぼくに、リカはびっくりしてのけぞることも、興奮《こうふん》してとびはねることもなかった。

待っていれば、そのうちしゃべるってわかってたみたいに、やさしくそっとささやき返した。

「うん、やったね！」

20　親友のあかし

発表会から三日。

ぼくらは商品券《しょうひんけん》をゲットし、リカはほしかったダンスシューズを手に入れた。

発表会のあとしばらくは、みんなぼくらのダンスの話題でもちきりだった。でも、リカのお母《かあ》さんが出産《しゅっさん》のため入院すると、みんなの関心《かんしん》はそっちに移《うつ》っていった。

リカと舞台《ぶたい》に立てたことで、なにかが大きく変《か》わった。見ていたママとソフィはなみだがとまらず、あのダニーですら胸《むね》がいっぱいで言葉が出なかったんだって。

三人とも、相手かまわず自慢《じまん》して、ママなんて、今朝《けさ》も牛乳配達《ぎゅうにゅうはいたつ》のおじさんに自慢《じまん》してた。

発表会のおかげで、テオの誕生《たんじょう》パーティでのいやな思い出も気にならなくなった。

発表会の日、みんな総立《そうだ》ちで、『ディスコ・インフェルノ』を歌って踊《おど》ったことを思い出すと、あの天にも昇《のぼ》るような幸せな気分がよみがえってくるんだ。この先、ほかのダンスは無理《むり》でも、あの『ディスコ・インフェルノ』だけは、きっと踊《おど》れると思う。〈ライオンキング〉じゃないけど、ぼくは、ちゃんと舞台《ぶたい》に立てたんだ。ぼくのスマホにもちゃんと証拠《しょうこ》が残《のこ》ってる。

録画《ろくが》を見返していて、もうひとつ、やったねって思ったのが、スカーレットとマリアムのショックを受けた顔だ。リカなんて、「これが見てていちばんスカッとするよ。なんか平手打ちを食らわせてやった気分」っていってた。

＊

今、リカとぼくは、トランポリンの下で本を広げ、アイスバーをなめている。そばではパッチがうとうととまどろんでる。熱《ねっ》で地面が焼《や》けるにおいと、あまい砂糖《さとう》のにおいがする。あと、犬が日焼《ひや》けするにおいも。

リカは新しく覚《おぼ》えた言葉を、お父《とう》さんの仕事用ノートに書き写している。表紙には、リカのお父さんが売ってる「ハーセプチン」っていう薬の名前が印刷《いんさつ》されていて、中のページにもその黄色いロゴが小さく入っている。

ぼくらは病院から、赤ちゃんが生まれたって知らせがとどくのを待ってるところ。ママは、犬アレルギーがあってこっちにこられないアーハンの世話をしに、リカの家に行っている。あっちのキッチンで、ケーキに「おめでとう！」の文字を入れてるんだ。そのキッチンから、ラジオの音が小さく流れてくる。

リカはノートをお手製《てせい》の辞書《じしょ》に作りかえていた。Aからアルファベット順《じゅん》に三ページずつ割《わ》りふって、それぞれの文字ではじまる言葉を書いていく。意味は書かず、あくまでも言葉だけだ。

夏休みは残《のこ》り三週間。リカは学校がはじまるまでに、できるだけたくさんの言葉を読めるようにしたくてがんばってる。ソフィとダニーは、校長のマリク先生には話した方がいいって意見だけど、決めるのはあくまでもリカだ。リカの両親はまだ知らないままだから、このことは、ぼくたち四人のあいだだけの秘密《ひみつ》だ。

ダンスの夏期レッスンが終わってから、リカは学校の話をするようになった。学校のことを考えているときのリカは、いつもとちがって元気がない。学校がはじまるのが不安《ふあん》なんだろうな。

「ねえ、校長先生ってどんな感じ？」リカがたずねる。

ぼくは、「いいよ」っていう意味で、親指を立てて見せた。

「指一本だけ？」

ぼくはうなずいた。まあ、校長ってとこからしても「一」かな。

しばらくのあいだ、リカは黙《だま》って、『グラファロのおじょうちゃん』をめくっていた。文章はもうすっかり暗記してる。リカは、「こわい（SCARED《スケアード》）」って言葉を、お手製《てせい》の辞書《じしょ》に書き加《くわ》えた。

「かんもく症《しょう》のこと、レオは校長先生に話した？」しばらくしてリカが聞いてきた。

ぼくは、リカの耳に口を近づけて、「ママが話したんだ」って答えた。

リカは、なにか考えるように、えんぴつの先をかみながら、雪景色《ゆきげしき》が描《えが》かれたページをめくっていく。リカが「勇気《ゆうき》（BRAVE《ブレイブ》）」という言葉を書き写す。ぼくはそのようすをのぞきこみながら、残《のこ》りのアイスバーを食べた。

「レオだったら、先生に話す？」

うーん、どうだろう？　だいたい、かんもく症《しょう》は、学校でバレないようにするなんて無理《むり》だし、かくそうとすればストレスと心配が増《ふ》えるだけだ。しゃべれないって一度わかっちゃえば、みんなもそういう目で見るし、ぼくも楽になる。そのせいで、まるでいないみたいに思われちゃうのは困《こま》りものだけど、どうがんばってもしゃべれないのに、期待のこもった目で見つめられるよりはましだ。

ぼくがリカの肩《かた》をトントンとたたくと、リカがからだを傾《かたむ》け、耳を寄《よ》せてきた。

「校長先生は、いろいろ協力《きょうりょく》してくれたよ」

言語聴覚士《げんごちょうかくし》さんを紹介《しょうかい》してくれたり、ホワイトボードを用意して、しゃべらなくてもすむようにしてくれたり。

リカは納得《なっとく》したようにうなずき、じっと考えた。

パッチの寝息《ねいき》と、熱波《ねっぱ》の中を運ばれてくるラジオの音に耳を傾《かたむ》けていると、すごくホッとする。横になって目をつむったら、このまま眠《ねむ》ってしまえそうだ。

「あたし、校長先生に話してみる」

しばらくしてリカはそういうと、その決意をたしかめるように、袋《ふくろ》に溶《と》け残《のこ》っていたアイスバーのジュースを飲みほした。リカの口のまわりが水色に染《そ》まる。

ぼくもその方がいいと思ったし、リカがそういってくれてうれしかった。ぼくとリカが協力《きょうりょく》してるのを見たら、校長先生もきっと力になってくれるだろう。もしかしたら、指一本じゃなくて、指二本を立てたくなるような校長先生になるかもしれないぞ。

リカといっしょだと思ったら、学校がずっと楽しみになってきた。新学期がはじまるころには、この暑さも収《おさ》まってくれてるといいんだけど。

「女の子よ！」

ママの大きな声が、フェンスの向こうから飛《と》んできた。

ぼくとリカはぴょんぴょんとびはねて喜《よろこ》び、その騒《さわ》ぎでパッチが目を覚《さ》ました。

「やったあ！」

リカがトランポリンをパンチすると、パッチも、「クシュン」とくしゃみで祝福《しゅくふく》した。

「お母さんも赤ちゃんも元気よ。二、三時間もしたら、家にもどってくるわ。さあ、これでケーキに入れる文字が決まったわね！」

「妹よ」リカはにっこり笑《わら》った。

ぼくも笑顔《えがお》を返したけど、内心ちょっと不安《ふあん》だった。リカがぼくより、妹といっしょにいたがったらどうしよう？　――いや、だいじょうぶだ。赤ちゃんは、いっしょに学校に行けないし、そもそもできないことだらけだ。

リカはまた『グラファロのおじょうちゃん』のページをめくりはじめた。

「この本には、『妹』って言葉が出てこないね。どう書くか、教えてくれる？」

ぼくは、リカのお手製辞書《てせいじしょ》のＳ《エス》のページを開いた。そこにはＳ《エス》ではじまる単語《たんご》がたくさんランダムに並《なら》んでいた。「特別《とくべつ》（ＳＰＥＣＩＡＬ《スペシャル》）」、「かげ（ＳＨＡＤＥ《シェイド》）」、「叫んだ（ＳＨＯＵＴＥＤ《シャウティド》）」、「きらきら（ＳＨＩＮＹ《シャイニー》）」、「犬の品評会（ＳＨＯＷ－ＲＩＮＧ《ショーリング》）」、「助かった（ＳＡＶＥＤ《セイヴド》）」、「雪（ＳＮＯＷ《スノー》）」、「短い（ＳＨＯＲＴ《ショート》）」、などなど。

ぼくはリカからえんぴつを借《か》り、リストの最後《さいご》にあった「こわい（ＳＣＡＲＥＤ《スケアード》）」の下に「妹（ＳＩＳＴＥＲ《シスター》）」と書き入れた。

リカがつづりを読み上げる。「S《エス》、I《アイ》、S《エス》、T《ティー》、E《イー》、R《アール》」そしてにっこり笑《わら》った。

「レオって最高《さいこう》の友だちだよ。今度の学校、うまくやっていけそう。だって、レオがいっしょだもん。ありがとね、レオ」

そのとき、ぼくにははっきりわかった。もうリカは、「とりあえずの友だち」なんかじゃない。

ぼくはリカの方にからだを傾《かたむ》け、もう一度その耳を借《か》りる。丸みを帯《お》びたすてきな耳。運がよければ浜辺《はまべ》で見つかる、願《ねが》いをかなえてくれる貝がらみたいな耳。

その耳に触《ふ》れるぐらい顔を近づけ、願《ねが》いごとをとなえるように、そして約束《やくそく》を交わすように、ぼくはその大切な言葉を口にする。

「ぼくのこと、ライオンって呼《よ》んでね」と――。

訳者《やくしゃ》あとがき

レオとリカの物語、いかがでしたか？

物語の中でレオが抱《かか》えている症状《しょうじょう》は、場面かんもく症《しょう》といいます。高いところや狭《せま》いところを怖《こわ》がる人がいるように、かんもく症《しょう》の人は声を出すことを怖《こわ》がります。声帯《せいたい》などには問題がなく、家族など親しい人たちの前ではふつうにしゃべることができますが、学校などの特定《とくてい》の環境《かんきょう》では、しゃべれなくなります。人に自分の声を聞かれるのが怖《こわ》く、なかには声が出なくなるだけでなく、からだが動かなくなる「かん動」と呼《よ》ばれるような症状《しょうじょう》や、うれしい、悲しいといった感情《かんじょう》を表に出せなくなる症《しょう》状《じょう》をともなうこともあります。

症状《しょうじょう》の出方は人によってさまざまで、レオの場合、家で家族といっしょにいるときはふつうにしゃべれますが、家族以外《いがい》の人たちといるときや、学校生活の中ではまったくしゃべれません。ダンス教室でも、先生や子どもたちの前ではなんとか踊《おど》れますが、保護者《ほごしゃ》の前ではからだが動かなくなるので、せっかくのダンスも披露《ひろう》できません。

場面かんもく症《しょう》の人は約《やく》五百人にひとり程度《ていど》といわれ、身近にいないことが多いためか、その症状《しょうじょう》についてはあまり知られていません。まわりからは、ただのはずかしがり屋と思われてしまうことも多く、まわりに理解《りかい》されないため、ひとりでつらさを抱《かか》えている人も多いようです。促《うなが》したからといってしゃべれるようになるわけではなく、自分からしゃべってみたいと思えるような環境《かんきょう》を作ることが大切です。転校や進学など、自分がしゃべれないことを知らない人たちに囲《かこ》まれたことをきっかけに、少しずつしゃべれるようになる場合も多く、また、なにか得意《とくい》なことがあると、自信《じしん》が不安《ふあん》を上回って、しゃべってみようという気持ちも生まれやすくなります。

レオの場合、ダンスが得意《とくい》ですが、学校ではいつもひとりで過《す》ごしていて、友だちはいません。クラスメイトのバースデーパーティでのひと幕《まく》や、転校生のティファニーにいわれたひとことがトラウマとなって、友だちを作ること自体あきらめてしまっています。

そんなある日、レオのとなりに同じくダンス好《ず》きのリカが引っ越《こ》してきます。リカは、おしゃべりが上手《じょうず》ですが、じつは読み書きができない、インド系移民《けいいいみん》の子。成長《せいちょう》するにつれ自然《しぜん》と身につく会話の力とはちがい、読み書きは、親に本を読んでもらったり、学校などで教わったりする中ではじめて身につくものです。そのため、親が移《い》民《みん》などの場合、読み書きに問題を抱《かか》える子どもも少なくありません。

この物語のリカには、イギリス生まれの父親がいますが、仕事で家にいないことが多く、子どもの世話は、インド生まれで英語《えいご》が話せない母親が担《にな》っています。幼《おさな》い子どもを抱《かか》え、慣《な》れない土地での生活に手一杯《ていっぱい》なのか、リカが読み書きできないことにも気づいていません。ただ、気づいたとしても、言葉のハードルがあって必要《ひつよう》な情報《じょうほう》が入りにくく、先生や周囲《しゅうい》に相談するのがむずかしかったかもしれません。

この物語は、リカとレオのそれぞれが、「言葉」で苦労《くろう》するようすを描《えが》いていますが、同時に、言葉によらないものの大切さをうたった作品でもあります。

ふたりの共通《きょうつう》の楽しみであるダンスは、全身を使って思いを伝《つた》える優《すぐ》れた表現手段《ひょうげんしゅだん》です。言葉ではうまく伝《つた》えられない思いも、さまざまな音楽やリズムに乗せて相手の心に届《とど》けることができます。もしかすると、言葉での伝達《でんたつ》にそれぞれ困難《こんなん》を抱《かか》えるふたりだからこそ、ダンスに惹《ひ》かれたのかもしれません。

ここで少し、このお話に登場するダンスについて触《ふ》れたいと思います。レオとリカが発表会の曲に選《えら》んだ『ディスコ・インフェルノ』は、1977年にザ・トランプスというグループが発表した曲で、同じ年に公開され、大ヒットした映画《えいが》『サタデー・ナイト・フィーバー』の中で使われたことから、代表的《だいひょうてき》なディスコ・ミュージックのひとつとして知られるようになりました。その『サタデー・ナイト・フィーバー』で主演《しゅえん》したのがジョン・トラボルタ。その独特《どくとく》なダンス・パフォーマンスは多くの観客《かんきゃく》を魅了《みりょう》し、「ディスコ」といえばトラボルタが頭に浮《う》かぶぐらい有名になりました。レオたちも、ダンスのふりつけにトラボルタの動きを取り入れたり、トランポリンでポーズをまねたりしていますね。そのジョン・トラボルタ、この本のカバーをはずした表紙絵にかくれていますので、ぜひさがしてみてください。

さて、読み書きは得意《とくい》だけど人前で話せないレオと、おしゃべりは得意《とくい》だけど字の読み書きができないリカですが、おたがい、相手の得意《とくい》とするものが苦手で、ときに伝《つた》えられないもどかしさを感じながらも、ふたりはどんどん友情《ゆうじょう》を深めていきます。

たしかに言葉はさまざまなことを伝《つた》えるのに役立ちますが、伝《つた》えたい、わかりたいという思いさえあれば、じつは言葉がなくても伝《つた》わることは多いのではないでしょうか。物語の冒頭《ぼうとう》、トランポリンでの出会いの場面で、レオとリカが息の合ったジャンプを見せたように――。

最後《さいご》になりましたが、この物語にぴったりのすてきな絵を描《か》いてくださった早川世《はやかわよ》詩男《しお》さん、すばらしい装幀《そうてい》で本を引き立ててくださったデザイナーの中嶋香織《なかじまかおり》さん、そして訳者《やくしゃ》の細かな疑問《ぎもん》にも懇切丁寧《こんせつていねい》にお答えくださった著者《ちょしゃ》のカミラ・チェスターさんと、この作品の魅力《みりょく》が存分《ぞんぶん》に伝《つた》わるよう、数々《かずかず》の貴重《きちょう》なアドバイスをくださった小峰書店編集部《こみねしょてんへんしゅうぶ》の頼本順子《よりもとじゅんこ》さんに、心より感謝《かんしゃ》申し上げます。

二〇二四年十月

櫛田理絵《くしだりえ》

カミラ・チェスター
Camilla Chester

イギリスの児童文学作家。オープン・ユニバーシティ（公開大学）で創作と文学を学び、学士号を取得後、本格的に創作活動を開始する。SCBWI（児童図書作家・画家協会）、FCBG（子どもの本グループ連盟）会員。作品に『EATS』（2017 年）、『Thirteenth Wish』（2018 年）などがあり、本書が初の邦訳書となる。

櫛田《くしだ》 理絵《りえ》

早稲田大学法学部卒業。在学中は国際人権 NGO アムネスティでボランティア翻訳に携わる。鉄道会社に勤務し海外文献の翻訳などに携わった後、児童書の翻訳に取り組む。訳書に『ぼくとベルさん』『ぼくと石の兵士』『魔女だったかもしれないわたし』（以上 PHP 研究所）、『図書館がくれた宝物』（徳間書店）などがある。

早川《はやかわ》 世詩男《よしお》

イラストレーター。書籍の装画や挿絵で活躍。手がけた作品に『ペーパープレーン』（小峰書店）、『ゆかいな床井くん』（講談社）、『りぼんちゃん』（フレーベル館）、『ぼくのちぃぱっぱ』（ゴブリン書房）などがある。

ブルーバトン ブックス
ダンス・フレンド
2024年10月25日　第1刷発行
2025年 7 月25日　第3刷発行

作者　カミラ・チェスター
訳者　櫛田理絵
画家　早川世詩男

発行者　小峰広一郎
発行所　株式会社 小峰書店
〒162-0066 東京都新宿区市谷台町 4-15
電話 03-3357-3521　FAX 03-3357-1027
https://www.komineshoten.co.jp/
印刷　株式会社 三秀舎
製本　株式会社 松岳社

NDC933　206p　20cm　ISBN 978-4-338-30813-7

＊

登場人物の年齢と学年は、日本での学齢に合わせて変更しております。